MI NOMBRE ES ~~NACHO~~ VIOLETA

Santi Anaya

MI NOMBRE ES ~~NACHO~~ VIOLETA

CROSS BOOKS

Novela inspirada en una vida real con el consentimiento de la familia.

Crossbooks, 2018
infoinfantilyjuvenil@planeta.es
www.planetadelibrosinfantilyjuvenil.com
www.planetadelibros.com
Editado por Editorial Planeta, S. A.

Avda. Diagonal, 662-664, 08034 Barcelona
Primera edición: septiembre de 2018
Segunda impresión: diciembre de 2018
ISBN: 978-84-08-19401-9
Depósito legal: B. 16.141-2018
Impreso en España – *Printed in Spain*

El papel utilizado para la impresión de este libro es cien por cien libre de cloro y está calificado como **papel ecológico.**

I

La gente a mi alrededor baja la escalera a toda velocidad. Mientras yo sigo caminando tan tranquila, corren como si aquel metro que está parado en el andén fuera el último en la faz de la tierra. Cuando suena el pitido que avisa del inminente cierre de las puertas, entonces ya es la hostia. De inmediato se desata la locura. Es justo en ese momento cuando un hombre trajeado acelera y me adelanta como un rayo.

¡Madre mía! A este tío le ponen un metro a punto de arrancar en la línea de meta y bate el récord de los cien metros.

Aunque tampoco es que le sirva de mucho. Porque, a pesar de volar literalmente sobre los últimos escalones, las puertas se le cierran en la cara. Desesperado, pulsa el botón para abrirlas, pero no le hacen ni caso y el metro arranca sin él. Entonces mira alrededor avergonzado, queriendo asegurarse de que nadie le ha visto fracasar de esa manera y…

¡Pobre!

… me ve a mí que justo acabo de bajar el último escalón.

Yo le sonrío y me solidarizo con su frustración haciéndole un gesto que pretende decir: «¡Qué faena! ¡Se nos ha escapado en los mismísimos morros!». Él me devuelve la sonrisa resignado mientras me apuesto algo a que se consuela pensando: «Por lo menos, no soy el único al que se le ha escapado. A esta chica también».

Pero en realidad sí que lo es. Porque yo he dejado que ese metro se fuera sin mí adrede, ya que no tengo ninguna prisa en llegar al nuevo instituto donde empiezo hoy y en el que no conozco a nadie. De hecho, solo de pensar que seré la chica nueva que llega dos meses después de empezar el curso, me sudan las manos y tengo que secármelas metiéndolas dentro de los bolsillos de los tejanos que me he puesto junto con mi camiseta de la suerte y unas zapatillas Vans.

¡No puede ser! ¡Estoy de los nervios!

Pero es normal. Solo una loca inconsciente estaría tranquila ante una situación así. Porque, seamos realistas, presentarse ante un grupo de chicos y chicas de entre trece y catorce años estudiantes de segundo de la ESO como yo es como meterse dentro de una jauría de lobos. Pueden aceptarte en la manada amablemente, pero también pueden despellejarte sin compasión si no entras con buen pie.

Todo irá muy bien, Violeta.

Esa es la frase que me ha repetido mi madre unas tropecientas veces esta mañana mientras desayunaba en la cocina con ella y mi hermano, León. Una frase tranquilizadora que supongo que habría funcionado mejor si no la hubiera dicho todas las veces con esa mirada asustada que pone mamá cuando se preocupa por nosotros. Cuando te mira con una sonrisa dulce y notas que lucha contra su instinto sobreprotector de encerrarnos en una burbuja para que nada malo nos pueda suceder.

—¡Mira! ¡Ya viene!

Esta información que alguien me chiva me saca de mis pensamientos y hace que levante la mirada que tenía fija en las vías. Entonces veo al esprínter trajeado que me señala las luces del próximo metro acercándose al final del túnel.

—¡Qué bien! —le digo compartiendo su alegría mientras pienso...

¡¿Ya?! ¡No me jodas!

Él se acerca al borde del andén dejando claro que este no se le escapa ni de coña. Yo maldigo a todos aquellos que alguna vez se hayan quejado del tiempo de espera entre un metro y el siguiente.

¡¿Qué han pasado?! ¡¿Dos minutos?!

Cuando el primer vagón entra en la estación, no puedo evitar sacar el móvil y consultar la hora para ver si puedo dejar escapar este metro también.

Podría.

¡Pero no! ¡No seas cagada, Violeta! ¡Sube!

Me animo a seguir los pasos del esprínter trajeado que se apresura a subir en cuanto una de las puertas se detiene frente a nosotros sin ni siquiera dejar bajar antes a los pasajeros cuyo viaje termina ahí.

¡Menudo ansias!

Respiro hondo y pongo un pie dentro, después el otro, justo cuando la pantalla de mi móvil se enciende y aparece un mensaje.

Andrés:
Hola, fugitiva. ¿Ya has llegado a tu nuevo instituto?

El pitido que anuncia el cierre inminente de las puertas suena mientras leo ese whatsapp. Cuando empiezan a cerrarse, miro al andén y salto instintivamente fuera del vagón antes de que lo hagan del todo. Entonces, mientras el metro desaparece, respondo a Andrés:

Violeta:
Todavía no. Acabo de perder un metro en la cara. ☹

El emoticono de una carita triste es básico para que parezca realista y Andrés no sepa que estoy cagada por empezar en un nuevo instituto lejos de él y de mis otras dos mejores amigas, Regina y Emma.

Andrés:
¿Cuántos has dejado escapar ya? ☺

¡Capullo! ¡Cómo me conoce!

Empiezo a escribir «¡Ninguno!» para quitarle el placer de ver que lo ha acertado y que me conoce como nadie, pero lo borro cuando ya lo tengo escrito y termino confesando.

Violeta:
Solo un par. ☺

Andrés:
¡¿Un par?!

Andrés:
Un PAR es lo que tendrías que echarle y subir al próximo si no quieres llegar tarde.

Andrés:
¡Aprovecha que los tienes! 😛

No puedo evitar que se me escape la risa cuando leo esa broma en la pantalla.

¡Será idiota! XD

Unos chicos que esperan a mi lado la llegada del siguiente metro me miran como si estuviera loca. Si hubieran sido ellos quienes hubiesen bromeado sobre el hecho de que soy una chica con testículos, ya estaría encarada con ellos hecha una fiera. Pero con Andy es diferente, porque nunca lo haría para hacerme daño. TODO LO CONTRARIO. Él, Emma y Regina son mis mejores amigos y siempre han estado ahí, apoyándome, a lo largo de todo mi tránsito.

«¡Pues, vale! Ya no te llamaremos Nacho. Te llamaremos Violeta.»

Esa fue la reacción de estos tres cuando en una excursión del colegio nos alejamos del grupo y en un rincón les solté sin tapujos que yo no era Nacho, sino Violeta. Tanto a mi padre como a mi madre sé que les llevó un tiempo entender que tenían una hija en vez de un hijo, aunque me apoyaran a muerte desde el principio. Regina, Emma y Andrés, en cambio, aceptaron al instante que tenían una amiga y no un amigo.

¡Qué monos eran!

Ojalá todas las reacciones hubiesen sido siempre tan comprensivas como la suya cuando yo tenía cinco años. Hubiera sido genial recibir un «vale» de todo el mundo y ahorrarme todos los momentos desagradables y dolorosos en que alguien se ha empeñado en decirme a la cara quién debo ser:

—¡Tú no eres una niña! ¡Eres un niño!

Demasiadas veces he escuchado esa afirmación desde el día en que decidí dejar de vivir disfrazada de Nacho y ser yo misma a todas horas. Hoy cualquiera que se atreva a decírmela se lleva un «¡Porque tú lo digas!» que lo pone en su sitio al momento. Pero al principio no era así. Exceptuando esos primeros días en los que me daba igual que se metieran conmigo porque estaba demasiado contenta vistiendo por fin como quería, que se rieran de mí me dolía una barbaridad. Sobre todo cuando alguien me llamaba Nacho adrede para hacerme daño.

¡Cómo he llegado a detestar ese nombre!

Por suerte, hace tiempo que nadie me llama así y ahora es solo el nombre de papá. La persona que, junto con mamá, más ha hecho para que pudiera crecer siendo una niña feliz. ¡Y nada de esa estupidez de una niña atrapada en un cuerpo de niño! Una chica normal como cualquier otra. ¿Qué más da que tenga pene y testículos? Esto solo sirve para que Andrés me recuerde bromeando que tengo un par cuando quiere espolearme a hacer algo.

Andrés:
¿Qué? ¿Ya le has echado un par o no?

Miro la puerta abierta del nuevo metro que ha llegado a la estación. Los chicos que esperan a mi lado suben sin pensárselo. Yo hago lo mismo porque no tengo más remedio, porque no puedo quedarme todo el día parada en ese andén. Esta vez no salto fuera del vagón cuando oigo el pitido que avisa del cierre inminente de las puertas.

Ya no hay marcha atrás.

Tres paradas y habré llegado al nuevo instituto.

Andrés:
Eoooooooooooo, fugitiva.

Andrés:
¿Le has echado ese par o no?

Violeta:
¡Que sí, pesado! Ya estoy dentro.

Violeta:
Y no me llames fugitiva. ☹

Está claro que nunca tendría que haberle dicho cuánto me chincha que él, Regina y Emma lleven días dirigiéndose a mí como «la fugitiva» por empezar en un nuevo instituto lejos de ellos.

¡Como si fuera cosa mía!

Yo no he escogido dejar Mataró para venir a vivir a Barcelona con mi madre y León. Incluso he pedido a mis padres que me dejen ir cada día en tren al instituto de Mataró para seguir estudiando con ellos. Pero no ha habido manera porque, sobre todo papá, está convencido de que la enseñanza en este nuevo instituto es mucho mejor.

Andrés:
A ver cuántos días tardas en olvidarnos.

Violeta:
Perdona, ¿quién eres?

Andrés:
Soy el chico atractivo de ojos verdes que baila muchísimo mejor que tú. ☺

Este mensaje viene acompañado de un vídeo que le grabé hace una semana donde se le ve pegándose una patada en el brazo y gritando de dolor en el suelo al intentar hacer un *flare* de *break dance*.

Violeta:
😁😁😁😁😁😁

Bailando será un patoso, pero tiene un don para hacerme reír cuando más lo necesito.

Violeta:
Te echaré de menos en clase.

Andrés:
Lo sé. ☺

Será burro. ¿No piensa decirme que él también me echará de menos?

«Andrés está escribiendo...»

Más le vale que el mensaje que está tecleando sea para decirme exactamente eso.

Andrés:
¿Aún no has llegado?

¿Qué pasa? ¿Que se aburre?

Violeta:
No. Aún no.

Violeta:
Pero puedes dejar de escribir cuando quieras, eh.

Violeta:
No necesito que me acompañes hasta la puerta.

Andrés:
Ah, vale. ¡Hasta luego!

¡¿Vale?! ¡¿Hasta luego?! ¡¿De verdad piensa despedirse así?! Estoy escribiendo un mensaje airado de respuesta cuando otro mensaje de Andrés evita que le dé a enviar para leerlo.

Andrés:
Ah, una última cosa...

Andrés:
Te echaré MUCHO de menos. ☺

Leo ese MUCHO con una sonrisa. Acto seguido, borro el mensaje que tenía pendiente de enviar y le respondo también en mayúsculas para que le quede claro.

Violeta:
¡LO SÉ! ☺

Andrés se despide deseándome que me vaya muy bien en el nuevo instituto. Yo le doy las gracias observando cómo el metro se detiene en la estación de Diagonal. Una parada más y habré llegado. En este momento daría lo que fuera para que una avería nos dejara ahí tirados. Pero hoy el servicio se empeña en ir perfectamente. Las puertas del vagón se cierran y volvemos a emprender la marcha. Una vez dentro del túnel, noto cómo empiezan a sudarme las manos de nervios ¡OTRA VEZ! Entonces, como si realmente tuviera un sexto sentido capaz de saber cómo me siento, Andrés me manda en un último mensaje el emoticono de un brazo enseñando el bíceps para que sea fuerte y deje de sentirme como si me estuvieran llevando al matadero.

Venga, Violeta, ¡con un par!

***

La calle está invadida por decenas de chicos y chicas que ocupan el ancho de la acera mientras esperan que sea la hora para entrar al instituto. Repartidos en grupos, la mayoría habla entre ellos mientras algunos miran el móvil sin atender a lo que les explican, aunque de vez en cuando asientan con la cabeza. Es una escena idéntica a la vivida cada mañana en el que hasta ahora era mi instituto en Mataró. La diferencia es que hoy no conozco a nadie cuando miro las caras, y tengo ganas de salir corriendo.

¿Por qué no han dejado mis padres que siguiera yendo a mi instituto? ¡Si viviendo en Barcelona puedo estar ahí al cabo de cuarenta minutos de tren!

Eso me pregunto mientras me abro paso entre esa marea de desconocidos. Si estuviera en Mataró, me estarían saludando la mayoría de esos adolescentes que aquí ni siquiera me miran para dejarme paso, y en cualquier momento aparecerían Emma, Regina y Andrés para darme dos besos, abrazarme y empezar a explicarme todo lo que les ha sucedido desde que nos dijimos buenas noches en el chat.

Ojalá estuvieran ellos aquí. Ojalá no estuviera sola.

Por desgracia, lo estoy. Frente a la puerta abierta de ese instituto que a partir de ahora será el mío y donde seré ¡LA NUEVA! para el resto de los chicos y chicas que irán conmigo a clase.

¡Tú puedes, Violeta!

Me dispongo a entrar y entonces recuerdo que mi madre me ha pedido que le enviara un mensaje cuando llegase al instituto. ¡GENIAL! Un fantástico motivo para permanecer fuera unos minutos más, pues en la entrada un cartel deja muy claro que no está permitido utilizar el móvil dentro del recinto.

Violeta:
Ya he llegado. Estoy a punto de entrar. 😕

La inmediatez con la que mamá me responde demuestra que estaba pendiente del teléfono. Hasta sospecho que ya tenía la respuesta escrita y a punto de enviar.

Mamá:
Perfecto, cariño. Ya verás como todo irá muy bien.

Tengo la sensación de que ese mensaje va más dirigido a convencerse a ella que a mí. Porque, a pesar de estar convencida como papá de que recibiré mejor enseñanza en este instituto, ella tiene dudas de si es buena idea sacarme del entorno seguro que supone estudiar con mis amigos en un centro donde todo el mundo, exceptuando los cuatro idiotas que hay en todos lados, me ha ayudado a sentirme una alumna más desde el día que les dijimos que era Violeta y no Nacho. Por eso intento tranquilizarla subiendo su apuesta.

Violeta:
¡Todo irá perfecto! ☺

Mamá:
Seguro que sí, Violeta. ☺

Mamá:
Llámame cuando salgas.

Violeta:
Lo haré. Hasta luego. ¡Entro! 😎😯

Mamá:
¡Llámame luego, eh!

Violeta:
Que sí. Tranquila. Lo haré.

No hacerlo sería muy cruel. Porque sé que mamá estará sufriendo hasta que la llame, de aquí a unas horas, y le diga que todo ha ido perfecto, que los compañeros me han acogido maravillosamente bien y que estoy deseando volver al día siguiente.

¡Que sea eso lo que pase y no tenga que mentir!

Con ese deseo guardo el móvil y cruzo el umbral de mi nuevo instituto. Una vez dentro, mientras avanzo hacia la escalera para subir al tercer piso donde está el aula de mi grupo de segundo de la ESO, tengo la incómoda sensación de que todo el mundo me observa preguntándose: «¿Quién es esta?».

Todo irá bien. Todo irá bien. Todo irá bien…

Me repito la afirmación de mi madre para poder seguir caminando bajo las miradas que me repasan como a una intrusa. Entonces me llama la atención un chico que me sonríe nada más verme y levanta la mano para que me fije en él. Yo le devuelvo la sonrisa.

¿Le conozco?

No tengo ni la más remota idea de quién es. Sin embargo, cuando se dirige a mí sin dejar de sonreír, está claro que él sabe más cosas de mí de las que me gustaría.

—¡Hola, Nacho!

2

—¡Hola, Nacho!

—¡Hola, imbécil!

Mi respuesta inmediata y dura borra de un plumazo la sonrisa de niño bueno de ese IMBÉCIL. A juzgar por su carita asustada y de sorpresa, no entraba en sus planes que le plantara cara.

¿Qué esperabas? ¿Que bajara la mirada dolida y siguiera caminando avergonzada mientras te reías de tu gracia?

Eso podía pasar cuando tenía cinco años. Ahora ya no. Estoy curtida en hacer frente a idiotas como este que encuentran divertido saludarme utilizando el nombre que mis padres me pusieron cuando pensaban que era un niño. Sin embargo, no esperaba tener que hacerlo el primer día en un instituto donde a priori nadie me conoce. De hecho, sigo sin entender cómo es posible que ese chico sepa mi «secreto».

¡Pero lo voy a averiguar!

Camino decidida hacia él hasta que, de repente, otro alumno me adelanta a toda velocidad y le saluda chocando las manos mientras le pregunta si ha visto el vídeo que le pasó anoche.

—Sí, una pasada, Nacho —responde.

¡No! ¡El «Hola, Nacho» no me lo decía a mí!

De repente quiero desaparecer. Por eso acelero avergonzada y me apresuro a pasar por su lado fingiendo que no ha ocurrido nada. Él hace el amago, o al menos tengo esa sensación, de querer decirme alguna cosa. Yo camino más rápido y miro hacia otro lado para no mirarle a la cara. Sin embargo, cuando llego a la escalera por donde suben otros alumnos camino de su aula, no puedo evitar girarme un instante para comprobar si sigue mirándome como la loca que le ha llamado imbécil sin ningún motivo.

¿Dónde se ha metido?

No le veo. Miro alrededor mientras subo los escalones, pero ni rastro. Él y su amigo Nacho se han esfumado.

Ojalá mi vergüenza también lo hiciese.

Es increíble. No he tardado ¡NI UN MINUTO! en meter la pata.

¡¿Por qué no me he quedado calladita?!

Tengo la suerte de que mi físico y facciones no me delatan en absoluto y a simple vista nadie ha sospechado nunca que soy una chica trans. Además, sé que la dirección y los profesores del centro son los únicos que conocen mi historia porque yo, con el apoyo de mis padres, he decidido que sea así. Era de cajón que ese chico no se podía dirigir a mí.

Ningún alumno te conoce, Violeta.

Bueno, ese chico ahora sí. Para él he pasado a ser la loca que te insulta y desea estrangularte sin venir a cuento. Y el pobre aún ha tenido suerte de que su amigo Nacho —*¡Que tiene bemoles que se llame así!*— haya aparecido a tiempo. Porque si no me llego a dar cuenta de que el saludo era para él…

Mejor no pensar en todo lo que le hubiera dicho.

Por eso me concentro en encontrar el aula a la que me tengo que presentar y trato de quitarle importancia a lo sucedido. Además, es una tontería preocuparse por un malentendido inocente cuando estoy a punto de someterme a la primera impresión de un grupo de veintiocho preadolescentes dispuestos a despellejarme si les doy la oportunidad.

Venga, ¡échale un par!

Sabiendo que voy a ser el centro de todas las miradas y cuchicheos, cruzo todo el pasillo del tercer piso hasta llegar al aula 3, la mía.

—Eres Violeta, ¿verdad?

No he terminado de cruzar el umbral de la puerta cuando un profesor de unos cincuenta años, sin esperar siquiera a que le responda que sí, que soy Violeta, se presenta como mi nuevo tutor bajo la mirada curiosa de algunos de mis nuevos compañeros.

Al principio son pocos los que me prestan atención mientras aguanto estoica la chapa de bienvenida que ese hombre se ha preparado desde el día que le dijeron que tendría una alumna trans como yo, y la mayoría sigue charlando de sus cosas en grupitos más o menos numerosos. Sin embargo, a medida que van percatándose de mi presencia, más ojos se posan sobre mí y empiezan los cuchicheos.

Tengo que salir de aquí delante ¡YA!

—¿Dónde me siento? —pregunto aprovechando una pausa del discurso de acogida con la esperanza de que me sirva para dejar de estar ahí de pie a la vista de todo el mundo.

Parece que funciona porque mi nuevo tutor, que por momentos me ha hecho temer que no hablara más de la cuenta delante de todo el mundo, efectúa un barrido de las mesas del aula para ver dónde puede colocarme.

—Ese sitio está libre si quieres —me informa una chica señalando un lugar al fondo de la clase.

¡Es perfecto!

Sentada en la última fila estaré a salvo de las miradas curiosas de los compañeros durante las clases. Por eso no doy opción a que me ofrezcan otro sitio y me apresuro a ocuparlo dando las gracias a esa chica por la información. Me siento y empiezo a colocar mis cosas. Mientras las dejo en la cajonera me percato de que la del pupitre enganchado al mío también está repleta de libros de texto junto a una carpeta bastante bien cuidada.

Bueno, no estaré sola aquí detrás.

El dueño o la dueña de ese material compartirá este sitio en la última fila conmigo. Entonces levanto la mirada para tratar de adivinar cuál de esos chicos o chicas se sentará a mi lado, justo cuando suena el timbre que indica el inicio de las clases.

—¡Venga, va, sentaos!

Esa petición y el timbre hacen que todo el mundo empiece a desfilar hacia su sitio a la vez que trato de disimular mi interés en descubrir quién de ellos se sentará a mi lado. Una chica camina directa hacia mí, pero se sienta en el pupitre de delante. En ese momento escucho cómo alguien recibe una reprimenda por apurar al máximo:

—Un poco más y llegas tarde otra vez.

—Lo siento.

¡No! ¡No puede ser!

El corazón me da un brinco al oír esa disculpa y miro sobresaltada en dirección a la puerta. Reconozco esa voz. También al chico que ha entrado corriendo en el aula y ahora avanza a paso acelerado por el pasillo delimitado por los pupitres.

No te sientes a mi lado. No te sientes a mi lado. No te sientes a mi lado.

Incapaz de mirar cómo se acerca al pupitre enganchado al mío, suplico que se detenga y se siente en cualquier otro lugar. Sin embargo, no lo hace y el ruido de la silla cuando la arrastra para sentarse a mi lado me estremece.

¡¿Por qué?!

Cualquier compañero de pupitre que me hubiera tocado estaría bien. Cualquiera hubiese servido. Cualquiera menos el chico al que he insultado nada más pisar el instituto.

—Hola.

Oigo su saludo amable y me armo de valor para mirarle a la cara.

—Mario —dice presentándose.

—Violeta —respondo en voz baja mientras tengo la estúpida esperanza de que tal vez todo haya pasado demasiado rápido y no me reconozca como yo sí he hecho con él.

Por desgracia mis deseos se van al traste cuando vuelve a hablarme:

—Bueno, me llamo Mario, pero si quieres puedes seguir llamándome imbécil.

—Vale, lo haré —respondo de inmediato—. ¡Llamarte Mario, quiero decir! Seguir llamándote imbécil no —añado al darme cuenta de que ese «vale» podría dar a entender que seguiré llamándole imbécil.

Mario sonríe al ver mi reacción nerviosa. Yo quiero desaparecer mientras miro esa sonrisa de niño bueno que pocos minutos antes quería borrar de una hostia.

¡Cierra la boca, Violeta! No lo estropees más.

3

—¿Es guapo?

—¿O solo es un imbécil? —añade Andrés a la pregunta que Regina ha dejado escapar al acabar de explicarles a ellos y a Emma mi primer encontronazo con Mario.

—De verdad que no sé por qué os he contado nada —refunfuño dándole un puñetazo en el brazo a Andrés para que pare de reírse de una vez de la metedura de pata con mi nuevo compañero de pupitre.

—¿Es guapo o no, Violeta? —insiste Emma en repetir la pregunta de Regina con esa sonrisa pícara que pone cuando habla de chicos y que le marca un par de hoyuelos en las mejillas.

¡Que estas dos dejen de leer novelas románticas, por favor!

—No lo sé —respondo provocando una mirada de Emma y de Regina que deja muy claro que esa respuesta no les sirve—. Supongo que sí —añado—. Bueno, no sé —rectifico—. Feo no es.

—Vale, te gusta —dicen las dos al unísono.

—¡NO ME GUSTA! —suelto tajante.

—Sí, claro —responde Emma mientras desenfunda el móvil dispuesta a «googlear» su nombre para intentar encontrar una foto—. ¿Sabes el apellido?

—Que no le busques —digo intentando que guarde el teléfono.

—El apellido —me ordena mientras se aparta de mí para que no pueda arrebatarle el teléfono de las manos.

¡Van listos si piensan que se lo diré para que lo busquen y los tres empiecen a hacerme bromas sobre él!

—No tengo ni idea del apellido —miento.

—Vaaaaaaaaaaa, dínoslo —insiste Regina con vocecita de niña mona convencida de que no les digo la verdad.

—De veras que no hace falta que me acompañéis hasta el tren —suelto intentando sacármelos de encima para no tener que aguantar el interrogatorio de las chicas todo el camino.

¡Pero nada! ¡No funciona!

Tengo claro que los diez minutos que hay caminando desde el centro de danza donde bailamos *hip-hop* dos veces por semana hasta la estación de Renfe de Mataró voy a tener que pasarlos aguantando a estas «pesadas» insistiendo sin parar.

—Va, dínoslo, porfa —repite Regina otra vez.

—Pero dejadla tranquila —suelta Andrés de repente echándome un cable que recoge al instante cuando Emma y Regina le clavan una mirada asesina—. Ok. Me callo y camino sin decir nada.

Las chicas siguen insistiendo hasta que ya no puedo soportarlo y confieso el apellido para no escucharlas más:

—Montes.

Por eso, y porque estoy segura de que no les servirá de nada.

En internet tiene que haber MILLONES de Mario Montes.

Pero eso no detiene a Emma ni a Regina, que están convencidas de que lo encontrarán y teclean el nombre en

Google a una velocidad sobrehumana. Cada una en su móvil para intensificar la búsqueda. El resto del camino hasta la estación lo paso descartando fotos de chicos que van encontrando y enseñándome:

—No. No. Este tampoco es. No. Tampoco. Este ya me lo ha enseñado Regina y sigue siendo no. No. No... —Entonces, Emma pone delante de mis ojos la foto de un pedazo de vikingo que hace años que no va al instituto—. Pero ¡¿cómo quieres que sea este, capulla?!

—Yo qué sé. Quizá tu Mario es nórdico y repetidor —bromea remarcando el «tu» con una sonrisa malévola.

—¡Pues no! No es repetidor. Y NO es mi Mario.

—Pues es una pena que no sea este —añade Regina mirando la foto del vikingo por encima de mi hombro—. Si fuera este, me cambiaba de instituto yo también —añade sin dejar de mirar la pantalla, embelesada.

¡Pobrecillas! ¡Están fatal!

—¿De verdad que no sabes nada más de él para que podamos encontrarlo? —pregunta Emma frustrada con los resultados de su búsqueda.

—Nada más —respondo viendo la estación al aire libre.

¡Por fin! ¡Estoy salvada!

Intento despedirme dándoles las gracias por acompañarme, pero Emma no piensa soltar la presa tan fácilmente:

—No me creo que no sepas alguna cosa más de Mario —asegura clavándome una mirada inquisidora—. Has estado todo el día sentada junto a él. Seguro que te callas algo importante.

Me esfuerzo para que no me delate la sonrisa que saben que se me escapa cuando les oculto alguna cosa. Muy seria, les aseguro que no sé nada más de Mario.

—¿Qué quieres? ¿Que te supliquemos? —dice Regina.

—Va a perder el tren. —Una nueva mirada asesina de las chicas consigue que Andrés vuelva a retirar su intento de rescate—. Ok. Que coja el siguiente.

Emma y Regina empiezan a suplicar a la vez como si fueran dos niñas pequeñas:

—Por favor, Violeta. Por favor, Violeta. Por favor, Violeta.

Las personas que pasan a nuestro lado nos miran como si estuviéramos locas.

¡Serán burras!

Finalmente, se me escapa una sonrisa. Solo vislumbrarla saben que les diré lo que quieren si insisten un poquito más. Finalmente, lo consiguen.

—Vale, callad, pesadas. —Emma y Regina cierran la boca y me miran esperando ansiosas esa información que suelto en voz baja y con la boca pequeña—. Me ha dado su teléfono por si tenía alguna duda sobre las clases.

—¡¿TE HA DADO EL TELÉFONO?!

Gracias a Regina todo Mataró ha sido informado de que tengo el número de Mario Montes.

—¡Déjame tu móvil! —Mi mirada de desconfianza le obliga a decirme para qué lo quiere—. Solo quiero mirar su foto del perfil de WhatsApp. Te lo prometo —jura con cara de niña buena.

Dudo de si es buena idea dejarle el móvil, pero acabo sacándolo del bolsillo de los pantalones. Regina me lo arranca de las manos antes de que pueda ofrecérselo. Emma se engancha a ella y le da órdenes para que espabile a entrar en el WhatsApp de Mario y mirar su foto de perfil.

—Es guapo.

Regina es la primera en dar su valoración. Emma está de acuerdo con el veredicto después de coger el móvil y observar detenidamente esa foto en la que se ve a Mario jugando al baloncesto. Andrés se asoma curioso para dar su opinión:

—Es normal —dice rebajando el entusiasmo de las otras dos—. Además, todo el mundo sale guapo en la foto del perfil de WhatsApp.

—Vale, ya lo habéis visto. Dadme el móvil, me tengo que ir —digo estirando la mano para que Emma me lo devuelva.

—Un momento —pide con esa sonrisa pícara que leo antes de que sus dedos empiecen a escribir a toda velocidad.

—¡No!

Consigo arrancarle el móvil de las manos antes de que pueda hacer un gesto para esquivarme. Sin dudarlo me dispongo a borrar lo que haya escrito, pero es demasiado tarde.

¡NO PUEDE SER!

Violeta:
¡Hola! ☺

—¡Le has escrito, Emma!

—Bueno... Le has escrito tú —responde sonriendo como si no hubiera roto nunca un plato.

¡La mato!

Entonces oigo que a Andrés se le escapa la risa a mis espaldas. Esta vez es mi mirada asesina la que hace que cambie de tema señalándome el tren que se acerca en dirección a Barcelona:

—Si quieres coger este, más vale que espabiles.

Andrés tiene razón y me apresuro a despedirme dándole dos besos mientras el convoy se acerca. Luego se los doy a Regina. Dejo para el final los dos de Emma, que sigue sonriendo como si nada.

—Eres una cabrona —le suelto.

—Si te contesta, nos lo dices, eh.

—A ti seguro que no.

¡Qué suerte tiene que no tengo tiempo para estrangularla!

El tren ya está entrando en la estación cuando pico el billete y cruzo el torno corriendo para no perderlo. Las puertas se abren y me subo de un salto al vagón. Una vez arriba me giro para decirles adiós a Emma, Regina y Andrés, que pueden verme desde fuera de la estación.

—¡Dinos algo si te contesta!

Escucho el grito de Emma con las puertas ya cerradas y me quedo de pie junto a ellas hasta que el tren arranca y ya no puedo ver a ninguno de los tres a través de las ventanas. Entonces busco un asiento vacío y me pongo cómoda para los cuarenta minutos de viaje que me esperan.

Violeta:
¡Hola! ☺

Sentada en un rincón del vagón repaso ese mensaje solitario en el chat con Mario que Emma ha empezado.

¡Será lianta!

Estoy a punto de cambiar al chat que tengo con ella, Regina y Andy para dejar constancia por escrito de lo que ya le he dicho al despedirme, que es una cabrona, pero no lo hago. De repente, en la pantalla del móvil leo algo que hace que empiecen a sudarme las manos.

Mario está escribiendo…

4

Mario:
Hola. ¿Violeta?

Dos palabras. Una pregunta fácil de responder. Sin embargo, miro el teclado de la pantalla del móvil sin saber qué escribir.

Dile lo que ha pasado y punto.

Empiezo a escribir un mensaje explicándole lo sucedido cuando el aviso de un nuevo mensaje de Emma me interrumpe. Podría acabar de responder a Mario antes de leerlo, pero dejo el mensaje a medio escribir y entro en el chat de amigos para leer qué burrada ha escrito Emma ahora.

Emma:
¿Ya te ha respondido? 😝

Violeta:
Sí.

Ese simple «Sí» sirve para desatar la locura en el chat de amigos que empieza a inundarse de las reacciones de los tres: Andy, Regina y Emma.

Regina:
¿Ya? 😳

Emma:
Demasiado rápido. Es un desesperado.

Emma:
¿Qué te ha dicho?

Emma:
¿Has contestado?

Regina:
No has sido borde, ¿verdad?

Andrés:
No le hagas caso. Pasa de él.

Emma:
Que pase de ti, celoso. 😮

Regina:
¡Eo, Violeta! ¿Qué le has contestado?

Cuando empiezo a teclear dejan de entrar mensajes. Leer que estoy escribiendo parece suficiente para que se tomen un receso en su interrogatorio. Mientras respondo una a una a sus preguntas me los puedo imaginar mirando expectantes a la pantalla de su móvil.

Violeta:
Sí, ya.

Violeta:
Mira quién habla. Tú me respondes al instante. 😜

Violeta:
Ha dicho esto: Hola. ¿Violeta?

Violeta:
No me habéis dado tiempo a contestar.

Violeta:
NUNCA soy borde.

Violeta:
Dejad que Andy tenga los celos que quiera. 😜

Violeta:
¡Ya va, impaciente! Le estaba diciendo la verdad: Sí, soy Violeta, pero no te he escrito yo. Ha sido una amiga para hacer la gracieta.

Emma:
¡NO! No le digas eso. Pensará que no te interesa.

Violeta:
¡Perfecto! ☺

Regina:
No. Perfecto, no.

Vuelvo de nuevo al chat con Mario y veo en la parte superior de la pantalla los avisos de los mensajes que Emma y Regina me están escribiendo en el grupo para que no le confiese lo que ha pasado. Los ignoro y acabo el mensaje que había dejado a medias. Le doy a enviar.

Violeta:
Hola, Mario. Soy Violeta. Pero no te he escrito yo. Ha sido una amiga. Siento molestarte. Nos vemos en clase.

«Ah, vale. Tranquila. Hasta mañana.» Esa era la respuesta que más o menos esperaba recibir para matar en tres whatsapps la conversación que había comenzado Emma. Sin embargo, la que Mario me escribe no se parece en nada.

Mario:
¿Les has hablado de mí a tus amigas? ☺

¡No! Se piensa que me interesa.

Mario:
¿Bien o mal?

¿Qué le digo? ¡Ya sé! ¡Una pregunta siempre gana tiempo!

Violeta:
¿Tú qué crees?

Dejo a Mario pensando una respuesta y salto al chat con Regina, Emma y Andrés para ponerles al corriente del giro y hacerles la pregunta que me he hecho segundos antes a mí misma:

Violeta:
¿Qué le digo?

Emma:
Que lo quieres besar. 😛

Andrés:
Que no se haga ilusiones porque tienes un amigo mucho más guapo que estaba primero. 😛

Ni siquiera espero a la respuesta de Regina que deduzco que tampoco será para ayudarme. Pongo un «¡Gracias por nada!» y vuelvo con Mario, que está escribiendo lo que cree que he explicado de él a mis amigos.

Mario:
¿Les has dicho que soy un imbécil? 😛

¡Genial, otro bromista!

Violeta:
¿Qué pasa? ¿No vas a olvidarlo nunca o qué?

Mario:
Nunca.

Violeta:
Entonces eres un imbécil.

Me atrevo a hacer esa broma como si estuviera chateando con Andrés o las chicas. Luego me arrepiento.

¿Y si no entiende que estoy bromeando?

Preocupada envío un emoticono sacándole la lengua para que quede claro. De todas formas, no respiro tranquila hasta que veo aparecer en la pantalla unas cuantas caritas llorando de risa.

No está mal. Me ríe las bromas.

Mario:
Si quieres que lo olvide, tendrás que hacer una cosa que llevo todo el día esperando.

Aguardo con curiosidad a que me diga qué es lo que tengo que hacer para que lo olvide. Cuando pasa el tiempo, deduzco que espera que le pregunte «¿Qué cosa?». Lo hago:

Violeta:
¿Qué?

Mario:
¿Una disculpa?

¡Es verdad! ¡No le he pedido perdón aún!

Avergonzada empiezo a teclear.

Violeta:
Perdón. 😇

Mario:
Demasiado fácil. Así no sirve.

¡¿CÓMO QUE NO SIRVE?!

Violeta:
¿Y cómo tengo que pedírtelo? ¿De rodillas?

Espero que no se le ocurra decir una guarrada, porque no tengo ningún problema en llamarle imbécil otra vez si se lo gana.

Mario:
Con un dónut.

Genial, no lo hace. O… eso creo.

Violeta:
¿Un dónut?

Mario:
Sí. Me gustan los dónuts. 😋

¿De verdad me está pidiendo que le invite a un dónut?

Violeta:
¡Vaya morro tienes! Tú quieres que te pague el desayuno.

Mario:
¿Quedamos mañana antes de clase? 😇

Violeta:
No puedo.

He respondido sin pensar. Ni siquiera podría explicar por qué he rechazado su invitación —bueno, en realidad, su invitación a que le invite yo a él— con tanta rapidez. Lo único que sé es que cuando se lo explique a los demás, Emma va a volverse loca: «¿Por qué le dices que no? Si es muy mono... Y no pierdes nada comiendo un dónut con él. Hablas, le conoces y si no te gusta... ¡Puerta! Pero decirle que no de primeras...».

¡Madre mía! Me va a poner la cabeza como un bombo.

¡Y Regina también!

Mario:
☹

Mario me envía esa carita triste y tengo la sensación de que tal vez estoy siendo demasiado arisca sin motivo. Por eso, empiezo a escribir una excusa inventada que justifique por qué no puedo quedar antes de clase.

Violeta:
Por la mañana tengo que acompañar a mi hermano pequeño al colegio.

«Pero podemos quedar después de clase.» Escribo ese mensaje a continuación, pero no le doy a enviar. Aquello que me retiene son los comentarios y bromas sobre esa «cita» que tendría que escuchar de Regina, Emma y Andrés, cuyos mensajes sigo ignorando a pesar de que no dejan de llegar a nuestro chat en común.

¡No tengo escapatoria! ¡Haga lo que haga me van a poner la cabeza como un bombo!

Así que lo envío. Yo no soy como Regina y Emma, que

están deseando quedar con chicos y tener novio, pero tener un amigo en el nuevo instituto sería de agradecer.

Mario:
No puedo.

¿No puedo? ¿Como yo le he dicho a su propuesta? ¿Me la está devolviendo?

Pues si es así, yo no pienso ponerle una carita triste como ha hecho él. Sin hacerlo, me explica los motivos que justifican su «No puedo».

Mario:
Por la tarde he quedado para grabar unos vídeos con un amigo.

Es una excusa tan mala que tiene que ser verdad.

Violeta:
Pues nos vemos mañana en clase entonces.

Mario:
Vale. Hasta mañana.

Replico su «Hasta mañana» borrando los besos que he puesto de forma automática a continuación como hago siempre que me despido de Andy o de las chicas.

Es demasiado pronto para besitos.

Además, él tampoco los ha puesto como sí hacen mis amigos, que han seguido enviando mensajes sin parar todo este rato.

¡¿189 mensajes sin leer?!

Esa es la producción de Regina, Emma y Andrés en esos escasos minutos desde que les he escrito «¡Gracias por nada!» hasta que me he despedido de Mario con un «Hasta mañana» sin besos.

Violeta:
¿Me hacéis un resumen? 😜

Emma:
¿Nosotras? ¡Explícanos tú! Y nada de resúmenes. ¡Queremos detalles!

Violeta:
No hay nada que contar.

Emma:
¡DETALLES!

Violeta:
Ahora no puedo, estoy llegando a Barcelona. Más tarde.

Emma:
¡Ey, no seas zorra!

Violeta:
Lo siento. 😇 Hasta luego. 😚

Salgo de la aplicación y cierro el móvil. Inmediatamente la pantalla se enciende de nuevo con las notificaciones de los mensajes entrantes que paso de responder. Pocos segundos después me entra una llamada de Emma. También la ignoro sabiendo que dejará una queja indignada en mi buzón de voz. Sonrío solo de imaginármela.

¡Cómo me gusta hacerla rabiar cuando se pone pesada con el tema chicos!

***

Pasan doce minutos de la medianoche. Estoy cansada. Tumbada en la cama con el pijama puesto. Pero me ha parecido cruel ponerme a dormir sin dejar que las chicas me interrogaran sobre mi conversación con Mario.

Pobrecillas. Las he tenido esperando un montón.

No he vuelto a escribirles desde el tren a pesar de su insistencia. Mi intención no era tenerlas en espera tantas horas, pero, desde que he llegado a casa, he estado demasiado ocupada explicando cómo ha sido mi estreno en el instituto. Primero a mamá, que necesitaba escuchar que había ido genial. Después a papá por videoconferencia. A los dos les he hablado de Mario, pero solo les he contado que era el compañero de pupitre que me había tocado y que parecía majo. Los detalles interesantes los he guardado para Emma y Regina, que están encantadas de freírme a preguntas. Andy, en cambio, está más que harto.

Andrés:
¿A partir de hoy vamos a estar hablando de este tío todos los días a todas horas? Si es así, decídmelo porque me salgo del grupo.

Regina:
Vale, pírate.

Andrés:
Vale. ¡Me piro!

Pocos segundos después aparece la notificación «Andrés ha dejado el grupo».

Regina:
¡Ey, que no se lo decía en serio!

Regina:
¿Se ha enfadado de verdad?

Estoy segura de que no. También estoy convencida de que pronto Andy me escribirá al chat que tenemos él y yo para pedirme que vuelva a agregarlo al grupo y poder reírse de Regina por ser tan inocente y habérselo creído.

Regina:
Chicas, le he llamado para pedirle perdón y me ha dicho que lo olvide.

Emma:
¡Genial! Así podemos hablar sin que nos moleste en toda la noche.

¿¡TODA LA NOCHE!? ¡Tengo que cortarlas ya!

Intento convencer a las dos de que es muy tarde para

que no me tengan hasta las tantas chateando, que mañana me moriré de sueño, pero viendo que ninguna de las dos entra en razones decido ser más brusca y directa.

Violeta:
¡Buenas noches! ☺

Emma:
¡Ey, no! ¡Espera! ¡Cinco minutos más!

Ese es el último mensaje que leo antes de entrar a la página de información del grupo para silenciarlo ocho horas. También las silencio a ellas individualmente. Conozco a la perfección a esas dos y sé que si no lo hago, el móvil va a volverse loco con todos los mensajes que seguirán escribiendo para que les haga caso.

Lo siento, chicas, pero hoy se han acabado los whatsapps.

Pongo el despertador en el móvil, lo dejo en la mesita de noche y me tumbo en la cama después de apagar la luz. Cuando apoyo la cabeza en la almohada me doy cuenta de que estoy más cansada de lo que pensaba.

He sobrevivido al primer día de instituto.

Con ese pensamiento cierro los ojos. Justo en el momento en que un mensaje hace vibrar el móvil en la mesita, que se ilumine la pantalla y con ello la habitación, que estaba a oscuras.

Las chicas no pueden ser, así que supongo que es Andrés pidiéndome que le vuelva a agregar al grupo que ha abandonado.

¡¿No puedes esperarte a mañana por la mañana?!

Estiro la mano con la intención de responderle exactamente eso. Sin embargo, al mirar la pantalla me doy cuenta de que no es él quien me escribe.

Mario:
Hola. ¿Estás despierta?

5

Introduzco el abono del metro en la validadora, que lo rechaza como si estuviera agotado o defectuoso. Lo saco, lo miro para ver si me he equivocado de tarjeta y me doy cuenta de que simplemente lo había puesto del revés.

¡Qué dormida que estoy!

Me aseguro de que esta vez introduzco bien la tarjeta y entro en el metro prometiéndome que se ha acabado lo de quedarse hablando hasta pasadas las tres con nadie. Y menos si al día siguiente he quedado para desayunar antes de clase y tengo que madrugar más de lo habitual. Porque sí, después de casi tres horas charlando con Mario, y tras inventarme que al final podía montármelo para librarme de llevar a mi hermano al cole como le había dicho que tenía que hacer para justificar mi «No puedo» inicial, acepté invitarle a ese dónut que me había pedido para olvidar el «Hola, imbécil» de nuestro primer encuentro.

¡Dios! ¡Qué sueño tengo!

Dejo que los ojos se me cierren mientras la escalera mecánica hace su trabajo y me baja hasta el pasillo que lleva al andén. Solo me esfuerzo en abrirlos otra vez cuando intuyo que mi escalón está a punto de llegar al final de la escalera.

¡Lo que daría por que me dejara dentro del vagón!

Recorro el pasillo arrastrando los pies como una zombi. Anoche me lo pasé bien conociendo a Mario.

¡Muy bien!

Pero ahora pago las consecuencias de saber que vive con su padre, que su madre, con la que habla casi cada día por teléfono, vive en Bruselas, y que no tiene hermanos, aunque su amigo Nacho, al que conoce desde la guardería, es como si lo fuera. De hecho, bromeando se refiere a él como «*my brother from another mother*», dicho con un acento *gangsta* que da risa y que sé cómo lo pronuncia, porque después de una hora tecleando y leyendo mensajes, decidimos llamarnos y continuar explicándonos nuestras vidas en voz baja desde la cama.

Él más que yo. Porque Mario cuando está nervioso, y se notaba un montón que lo estaba, no puede dejar de hablar. Y en eso me pareció PERFECTO. Porque así apenas tuve que explicar nada de la mía. Él hablaba y yo escuchaba sin la preocupación de qué le explicaba de mí. Eso era cosa suya y reconozco que el tiempo se me pasó volando. Tanto que, si no hubiese sido porque Mario puso un poco de cabeza diciendo que era muy tarde, yo hubiera seguido escuchando su voz hasta el amanecer sin darme cuenta.

Suerte que no lo hice.

Ya me cuesta mantenerme despierta ahora mismo, como para haber empalmado un día con el otro sin dormir. De hecho, estoy tan cansada que esta mañana paso de remilgos y me dejo caer en el primer banco del andén cuando veo que tengo dos minutos de espera hasta el siguiente metro. Un día normal no me sentaría ahí ni de coña porque siempre están hechos un asco. Hoy, en cambio, hasta encuentro tentador tumbarme a echar un sueñecito.

—¡Ey, no, Violeta! ¡Espabila! —me digo en voz alta después de que una cabezada haya hecho que abriera los ojos de golpe.

Entonces, saco el móvil esperando que escribir a alguien me ayude a permanecer despierta. Mi primer impulso es enviarle un «Buenos días» a Mario, pero, al ver la lista de chats, entro en el que tengo con Andrés porque me sorprende que no haya dicho nada desde que abandonó el que compartimos con Emma y Regina. Y de paso...

No parezco una desesperada que no puede ni esperarse a ver a Mario para decirle buenos días. ☺

Violeta:
¿Ya has salido de la cama?

Miro la pantalla esperando que Andy lea el mensaje, pero no lo hace porque aún debe de estar durmiendo.

Nada que el ¡PLING! constante de mensajes llegando a su móvil no pueda solucionar.

Violeta:
¡¿Todavía duermes?!

Violeta:
Va, levántate, vago. 😜

Violeta:
¡Arriba, Andy, arriba!

Violeta:
¿Qué pasa? ¿Necesitas un besito, bella durmiente?

Violeta:
¡Toma! 😚

Violeta:
¿Ni así?

Violeta:
¡Eeeeeeeeeeeeeeeeeeeo!

Violeta:
¡Aaaaaaaaaaaaaaaaandy!

No he acabado de escribir este último mensaje cuando todos esos whatsapps no leídos empiezan a marcarse como leídos. Luego veo que Andrés está escribiendo…

Andrés:
¿Qué te pasa, loca? ¿QUÉ quieres?

La respuesta de Andy coincide con la llegada del metro, que se detiene dejándome entre dos de sus puertas. Escojo una y subo al metro antes de responder. Cualquier otro día escribiría mientras camino, pero hoy caminar, teclear y mantener los ojos abiertos es demasiado.

Andrés:
Eooooooooooo.

Andrés:
¡Violeeeeeeeeeeeeeeeeeeeeta!

Esos dos mensajes, imitando mi impaciencia, me hacen sonreír.

¡Aunque por hacerse el gracioso ahora se va a esperar! 😜

Me quedo de pie junto a las puertas y decido no responder a Andrés hasta que el metro haya arrancado. Él sigue insistiendo.

Andrés:
¿Qué pasa? ¿Ya estás hablando con Emma y Regina de TU chico?

Andrés:
Suerte que ayer me salí enfadado del grupo. 😜

Andrés:
¡Pesadas!

Finalmente, cuando entramos en el túnel, escribo:

Violeta:
¿Celoso?

Andrés:
Uy, sí, estoy superceloso.

Violeta:
Se nota.😜

Andrés:
Tranquila. Ya lo tengo todo pensado. Me desharé de él al estilo Yandere Simulator.

La risa se me escapa al instante de imaginarme a Andy vestido como la protagonista de ese juego de PC al que habíamos jugado tanto y en el cual, a los mandos de una colegiala celosa, debías despachar brutalmente a cualquier competidora que pudiera robarte la atención de tu amor platónico.

Violeta:
Estarás guapísimo con uniforme. 😄

Andrés:
Yo estoy guapísimo siempre.

Violeta:
Por eso estoy loca por ti. 😍

Antes de que aparezca en la pantalla sé perfectamente cuál será su respuesta.

Andrés:
Lo sé. ☺

Violeta:
Entonces no sé por qué huyes celoso cuando hablo con Emma y Regina de otro chico. 😜

Andrés:
¡NO SON CELOS! ¡Es aburrimiento!

Andrés:
Esas dos son insoportables con tanta preguntita.

Violeta:
Pues prepárate.

Violeta:
Esta mañana he quedado con Mario para desayunar. 😬

Violeta:
¡Te van a inundar el chat de preguntas! 😲

Andrés:
A mí no. Ya no estoy en el chat. ☺

Violeta:
¿Seguro? 😈

Como administradora del grupo añadirlo es un momento.

¡Hecho!

Andrés:
¡Nooooooooooooooooooooooooo!

Después recibo la notificación de que Andrés ha vuelto a abandonar el chat.

¡Será capullo!

Vuelvo a añadirlo.

Violeta:
Si te sales otra vez, te mato. 😇

Andrés:
Vaaaaaaaale, me quedo.

Andrés:
Pero solo para leer cuánto te has aburrido con Mario y lo que me has echado de menos.

Violeta:
¿Y si no es así? ¿Y si es más divertido que tú?

Andrés:
Imposible.

Violeta:
Chulo. 😜

Andrés:
Realista. 😜

Estoy pensado una buena respuesta para poner a Andy en su sitio cuando me doy cuenta de la estación en la que estamos.

¡¿Liceo?! ¡NO PUEDE SER!

Intento salir del vagón en cuanto me percato de que me he pasado mi parada hace un buen rato, pero no llego a tiempo y me quedo atrapada dentro.

¡Esto me pasa por ir dormida y estar empanada con el móvil!

—Venga, va, corre —susurro como si con ello hiciese que el metro fuera más rápido.

Andrés:
¿Y este silencio? Ya estás con tu Mario. ♥♥♥

Violeta:
¡No!

Violeta:
¡Me he pasado la parada y tengo que dar la vuelta! ☺

Andrés:
😁😁😁😁😁

Andrés:
¡Qué feo! Llegar tarde a la primera cita... 😜

Violeta:
¡NO ES UNA CITA!

¡Pero me molesta llegar tarde!

Por eso guardo el móvil y me preparo para salir la primera del vagón apretando el botón que abre las puertas antes de que se detenga del todo. Cuando finalmente salto al andén, camino a paso acelerado. Nada de arrastrar los pies como cuando he entrado en el metro. Me he despertado de golpe. Y, por si no lo estaba lo suficiente, la llamada que de repente suena en la palma de mi mano acaba de hacerlo del todo.

¡Es Mario!

Seguramente esté esperándome en el bar en el que hemos quedado y se pregunte si pienso presentarme o le estoy dando plantón. Aumentando el ritmo de mis pasos, me acerco el teléfono a la oreja y respondo para decirle que llegaré un poquito tarde.

¡Pobre!

6

¡POBRE DE MÍ!

Tan solo llevamos diez minutos de clase y ya ¡NO PUEDO MÁS! Veo que el profesor mueve los labios, pero si alguien me lo pidiera, no podría repetir nada de lo que está explicando. Demasiado hago con mantener los ojos abiertos todo el rato.

—¿Se nos han pegado las sábanas otra vez, señor Montes?

¡Vale! No los tengo abiertos todo el rato. : _D

Porque hasta que no he oído la voz del profe de matemáticas recriminando a Mario que hubiera llegado tarde no he visto que hubiese entrado en clase.

—¿Le han dado la notificación de que ha llegado tarde?

Mario asiente con la cabeza a esa pregunta del profesor y enseña un papel de color rosa que deduzco que es esa notificación, porque le da permiso para que ocupe su lugar. Mientras recorre el pasillo entre pupitres acercándose a mí, me mira fijamente y me lanza una media sonrisa avergonzado.

¡Necesitarás más que eso para que olvide que me has dejado tirada esta mañana!

Es verdad que no lo ha hecho queriendo. Se ha dormido y me ha llamado en cuanto se ha despertado para pedirme perdón cien veces con la voz ronca de recién levantado. Pero por su culpa estoy muerta de sueño y me he estresado como una tonta cuando me he pasado la parada de metro y pensaba que era yo la que llegaba tarde.

¡Que tiene tela!

¡Ahora que se lo curre!

—Menuda cara de sueño —suelta cuando se sienta a mi lado.

Pues mal empieza. ¡¡ENCIMA ESTO!!

Me tiene despierta hasta las tantas, me pide quedar por la mañana, me da plantón porque se queda durmiendo y ¿ahora tiene el morro de decirme nada más verme que tengo cara de sueño?

¡Pues claro que tengo cara de sueño!

—Porque yo me he levantado temprano —informo molesta sin poder levantar la voz porque estamos en medio de clase.

—Lo siento —dice arrepentido—. Me hacía ilusión...

—¡SEÑOR MONTES!

Mario da un bote al escuchar su nombre y pide perdón por hablar. Cuando el profesor reanuda su explicación, de la que sigo sin poder reproducir ni dos palabras, Mario vuelve a decirme «Lo siento». Esta vez en voz muy baja y mirando hacia delante para que parezca que está atento.

—Necesitarás algo más que un «lo siento» para que olvide que me has dado plantón —respondo sin mirarle, fingiendo también que estoy superconcentrada en aprender matemáticas—. Sería demasiado fácil. Así no sirve —añado tomando prestadas las mismas palabras que él me escribió por WhatsApp cuando le pedí perdón por llamarle imbécil.

—¿Y qué necesitaré para que me perdones? —pregunta.

—Un dónut.

Puestos a copiar las palabras, copiemos también su petición friki. ;)

Al escucharla, Mario sonríe sin dejar de mirar al profesor y se reclina para coger la mochila y dejarla encima de su regazo. Una vez que la tiene ahí, abre la cremallera del bolsillo exterior y mete la mano dentro sin llegar a abrirlo del todo.

—¿Cierras los ojos? —me pide.

¡Encantada!

Si hay una cosa que hoy estoy deseando hacer es cerrar los ojos. Lo hago. Entonces Mario, en un movimiento rápido para que no le pillen, saca algo del bolsillo de su mochila y lo deja sobre mi muslo.

—Ya puedes mirar—me susurra.

Cuando abro los ojos y bajo la mirada a las piernas veo que tengo un dónut dentro de su envoltorio de plástico.

¡Guau! ¡Emma y Regina se van a volver locas cuando se lo explique! XD

—¿Plantón olvidado entonces?

Levanto la cabeza y miro a Mario, que esta vez pasa de mirar hacia delante y me observa fijamente mientras espera mi respuesta.

—Me has dado un dónut, ¿no? —respondo guardándolo dentro de la cajonera de mi pupitre—. Todo olvidado —confirmo con una sonrisa.

—Bueno, todo no —replica Mario—. Yo sigo…

—¡SEÑOR MONTES! ¡SEÑORITA JORDÀ!

Esa segunda advertencia dirigida a los dos para que nos callemos de una vez evita que Mario acabe su frase y provoca las miradas curiosas de los demás compañeros, que se giran para ver qué estamos haciendo. Por suerte, son miradas fugaces y enseguida vuelven a mirar hacia delante sin darme tiempo a que me suban los colores. En el momento en que el foco de atención deja de estar sobre nosotros, Mario escribe una nota en la hoja de una libreta que me pasa al acabar:

Todo olvidado no. Yo sigo esperando mi dónut. :)

¡Porque te has dormido!

Decidida a dejarle claro que la culpa de que no lo tenga es solo suya, le quito el bolígrafo de la mano y le devuelvo la libreta con mi respuesta debajo de su nota:

Si no me hubieras dado plantón, ya lo tendrías.

Cuando Mario acaba de leer, recupera su bolígrafo de mi mano con delicadeza y escribe su defensa:

No ha sido plantón. Me he dormido. Y te he dado un dónut.
Pensaba que estaba olvidado. ;)

—Y lo está —le susurro muy bajito sin necesidad de que me pase la libreta porque he leído su respuesta mientras la escribía—. Yo solo te digo por qué no tienes el tuyo todavía —añado remarcando ese «todavía».

—Bueno, si quieres puedes devolverme el que te he dado.

—Ni hablar. Este es mío —suelto apartándolo de su alcance y escondiéndolo mejor dentro de la cajonera—. Tú ya tendrás el tuyo.

—¿Cuándo? —pregunta regalándome esa sonrisa de niño bueno que tiene.

—¡SEÑOR MONTES!

—Perdón, perdón, no hablamos más —dice Mario borrándosele la sonrisa de golpe y disculpándose por los dos.

—Eso seguro. Coja su mesa y póngase al final de todo. Lejos de la señorita Jordà. ¡¿A qué espera, señor Montes?!

Mario obedece sin rechistar y se levanta para arrastrar su pupitre al fondo de la clase.

—Hasta luego —me dice con resignación y ganándose un nuevo grito para que se dé un poquito más de brío:

—¡Es para hoy!

Mario se apresura a obedecer y levanta el pupitre en vilo para ir rápido. Sin embargo, al hacerlo, lo inclina demasiado y el interior de la cajonera resbala esparciéndose por el suelo. De inmediato se oyen risas de algunos compañeros de clase que a Mario le resbalan porque ni se inmuta. Deja el pupitre donde le han mandado y regresa tranquilo a por todo lo que ha quedado esparcido por el suelo. Es entonces, cuando está recogiendo sus cosas, cuando lo ve, escondido y ahora medio espachurrado debajo de un par de libros y una carpeta: el dónut que le he dejado dentro de la cajonera cuando he llegado a clase.

De alguna manera tenía que matar el tiempo hasta que empezaran las clases, ¿no? ☺

—Ahora sí. Todo olvidado.

Eso es lo que creo leer en sus labios cuando me habla en silencio mientras me mira en cuclillas junto a sus cosas. Luego observo cómo recoge los libros y la carpeta del suelo y se aleja de mí con el dónut colocado encima de todo como si lo llevara en una bandeja.

***

—¿Brindamos?

Mario levanta el dónut esperando que yo choque el mío contra el suyo.

—Para que no nos tengamos que decir lo siento nunca más —suelto brindando mientras una parte de mí me grita: *¡¿QUÉ ESTOY HACIENDO?!*

Si dos días atrás me hubiesen dicho que brindaría chocando un dónut con un chico a la salida del instituto, hubiera sentido náuseas solo de imaginarme una escena tan empalagosa. Ni en las peores novelas románticas, esas que Regina y Emma devoran compulsivamente, sus protagonistas son tan ridículos. Y lo peor de todo es que, exceptuando esa pequeña parte de mí que desearía esconderse bajo tierra en este momento, estoy encantada de brindar y disfrutar de un dónut, aunque, si soy sincera, nunca me han gustado.

¿Qué me está pasando? ¡Ni Emma en su peor momento sería tan cursi y pava!

—¡MAMON!

De repente, ese grito provoca que Mario deje de mirarme y vuelva la cabeza para saludar al chico que avanza directo hacia él y le da un golpe en el brazo que a punto está de tirarle el dónut al suelo.

¡¿Acaso dan un premio por interrumpirnos?!

—Ey, MaMon, déjate de gilipolladas, que tú tardas más que yo en llegar a tu casa. Y luego tengo que esperar un huevo a que te conectes. Va, espabila y ven conmigo al bus —apresura ese chico a Mario importándole una mierda mi presencia ahí y que estemos hablando.

—Ey, mira, Nacho. —Me turba que Mario pronuncie ese nombre mirándome a mí directamente, aunque sé que no se dirige a mí y luego utilice el mío para presentarme a su amigo—: Esta es Violeta. Es nueva...

—Encantado —me suelta Nacho sin ni siquiera prestarme ni un segundo de atención—. ¿Nos vamos?

¡Menudo gilipollas!

La única preocupación de Nacho es asegurarse de que Mario se deje de charlas conmigo a la puerta del colegio y se vaya con él a buscar el autobús que los lleva a cada uno a su casa.

—¿Te vienes a la parada conmigo o no?

¡Claro que no! ¡Porque está hablando conmigo!

Me muero de ganas de responder esto, pero dejo que sea Mario quien lo haga porque es su amigo, su *«brother from another mother»*.

—Sí, sí, voy —responde.

¡¿SÍ, SÍ, VOY?!

Miro a Mario esperando que se desdiga, pero lo único que hace es informarme de que se tiene que ir porque él y su amiguito han quedado para grabarse jugando *online* a un videojuego.

¡No me lo puedo creer!

—Tenemos un canal de YouTube donde colgamos *gameplays*. Si quieres mirarlo, busca Nacho & MaMon —dice

Nacho informando y mirándome por primera vez a la cara al hablarme.

—MaMon por las primeras sílabas de mi nombre y mi apellido, Mario Montes —me aclara Mario.

—Y no olvides dar *likes* a nuestros vídeos —pide Nacho pronunciando «liques» para hacerse el graciosillo—. Y suscríbete.

—Ahora mismo voy corriendo a casa a hacerlo —suelto en un tono que deja claro que ya pueden esperar mis *likes* sentados.

—¡Genial! Nosotros también nos vamos corriendo —responde Nacho sin pillar la ironía.

¡Encima es tonto!

Cabreada, sobre todo conmigo misma por estar haciendo la pava con un sosaina que obedece a todo lo que le dice su amiguito, veo a Mario marcharse con Nacho, que tira de él como si fuera un perrito para que camine a su lado y acelere el paso. Esa pequeña parte de mí que se moría de vergüenza ha tomado el poder y busca dónde lanzar esa porquería de dónut que me está pringando los dedos de la mano.

Hay una papelera cerca de un árbol y me dirijo hacia ella decidida a lanzar ese bollo grasiento, junto a ese ataque de tontería que llevo encima. Entonces noto que alguien me toca la espalda. Me giro de forma brusca y me encuentro cara a cara con Mario, con su sonrisa de niño bueno.

¿Y ahora qué quiere?

—Siento tener que pirarme de esta forma —suelta con prisas—. Pero… ¿quieres venir a mi casa?

7

—¡Hola!

Saludo desde la puerta nada más abrirla, aunque supongo que nadie me lo devolverá a estas horas porque hoy mi hermano León tiene inglés y habrán ido a buscarlo. Aun así, vuelvo a saludar un par de veces más para corroborar que estoy sola en casa mientras recorro el camino hasta la cocina, donde me sirvo un vaso de leche.

Doy un trago largo para quitarme el regusto empalagoso del dónut tomado con Mario a las puertas del instituto y, antes de devolver la botella a la nevera, vuelvo a llenar el vaso hasta arriba. Entonces cojo unas cuantas galletas y me siento a la mesa de la cocina a merendar y chatear con Regina, Emma y Andrés, a los que, de camino a casa, ya les he pasado el parte de todo lo sucedido. Bueno, de casi todo. De los detalles cursis de los que podrían estar haciendo broma hasta el fin de los días —léase ese brindis con un dónut, precisamente— no les pondré al día ¡JAMÁS! Pero obviando esas cursilerías tienen toda la información para la tertulia del corazón en que se ha convertido el chat.

Mientras mojo galletas, leo a las chicas discutir sobre si he hecho bien rechazando la propuesta de Mario de ir a su casa después de clase. Yo solo sé que me he quedado muy a gusto haciéndolo.

¡Que pase la tarde jugando a los videojuegos con su amiguito!

Emma, que hubiese dicho que sí sin dudar, piensa todo lo contrario. Regina tiene sus dudas. Por una parte, encuentra feo que Mario prefiriera pirarse con Nacho a seguir hablando conmigo. Y eso que no le he explicado que estábamos en medio del momento dónut que ella encontraría tan mágico. Pero, por la otra, le parece supermono que Mario haya dado la vuelta para ir a buscarme: «Es como en las pelis cuando el chico se da cuenta de que la ha cagado y regresa a por la chica».

¡Suerte que yo no soy como esas pavas de las pelis que lo perdonan todo con un simple hola!

A mí si me dejas tirada sin ni siquiera decirme adiós, luego puedes ahorrarte el volver a buscarme.

Andrés:
¡Son unos mancos!

De repente, Andrés, que había desaparecido asqueado de nuestro chat de amigos hace rato, da señales de vida escribiéndome en privado al chat que tenemos nosotros dos solos. Sin dudarlo, dejo a las chicas que sigan deliberando qué debería haber hecho —al fin y al cabo, hace unos cuantos mensajes que hablan ellas solas— y respondo a Andrés.

Violeta:
¿Quiénes?

Andrés:
Tu Mario y su amiguito. Son malísimos a los videojuegos.

Violeta:
¿Cómo lo sabes?

Andrés:
He entrado en su canal de YouTube y he visto un par de vídeos. Tiene delito que se graben tal como juegan.

Andrés:
Y también tiene delito que te guste ese tío. 😜

Violeta:
No me gusta.

Andrés:
Lo que tú digas.

Andrés:
¿Quieres que les demos una paliza? 😈

Violeta:
¿A los videojuegos?

Andrés:
No. ¡Física! Vamos a sus casas con bates y les rompemos las piernas a los dos hasta que cada uno te dé un dónut de disculpa por dejarte tirada en la puerta del insti.

Andrés:
¡Claro que a los videojuegos!

Mentiría si dijera que la idea de machacarlos en el *online* de cualquier videojuego no es una idea tentadora. Especialmente sería un gustazo hacerlo con Nacho y pedirle luego un *like*, o un «lique», como lo pronuncia él para hacerse el graciosillo. Sin embargo, rechazo la proposición de Andrés.

Andrés:
¿Por qué?

Violeta:
Porque no quiero machacar a nadie.

Andrés:
No es verdad.

Andrés:
Tú no quieres machacar a Mario porque te gusta. 😜

Violeta:
¡Y dale! Que NO ME GUSTA.

Andrés:
Violeta ♥ Mario.

Violeta:
¡Capullo!

Andrés:
♥♥♥♥♥♥♥♥

Violeta:
🖕

Andrés:
Qué bien educada. No me extraña que prefiera irse a jugar con un amigo a charlar contigo.

Violeta:
He cambiado de opinión. Ahora sí que tengo muchas ganas de machacar a alguien.

Violeta:
¡A ti! 😫

Andrés:
😄

Violeta:
¡Que te den!

Dejo el móvil en la mesa y camino hasta el lavavajillas con el vaso de leche en la mano. Ahí de pie, apuro la última gota y lo enjuago antes de colocarlo en la bandeja superior junto a los platos del desayuno que esperan que se llene el lavavajillas lo suficiente para ponerlo en marcha. Cuando vuelvo a la mesa a recoger el teléfono, tengo un montón de whatsapps nuevos escritos durante esa pequeña caminata de ida y vuelta de la mesa al lavavajillas. Mensajes de Regina y de Emma, que teclean sin parar en el chat de amigos, de Andrés en el nuestro personal y…

¡¿Tres de Mario?!

Nunca se lo diría a las chicas porque se volverían locas, ni a Andrés porque hace ya suficientes bromas con el temita de Mario, pero se me dibuja una sonrisa tonta al leer «Mensaje de Mario» en la pantalla. No obstante, esa parte de mí que sigue cabreada y se resiste a que me guste me ordena que pase de mirar qué quiere ahora.

Se habrá cansado de jugar con su amiguito y estará aburrido. ¡Pasa de él!

Soy muy convincente dándome órdenes e ignoro sus whatsapps. Aunque solo unos tristes segundos. Porque rápidamente la parte de mí que sonríe al leer su nombre me insta a mirarlos.

¡Que no! ¡PASA DE ÉL!

Entro en el chat de Emma, Regina y Andy para distraerme y que me ayuden a hacerlo. Estoy tentada de explicarles que Mario me acaba de escribir, pero, si lo escribo, el chat se inundará al instante de preguntas pidiendo información: «¿Y qué te dice? ¿Te pide perdón? ¿Quiere quedar contigo mañana? ¿Te vuelve a invitar a su casa?».

¡Y suficiente me lo estoy preguntando yo!

Tanto que no puedo resistirme más y entro a leer sus tres mensajes.

Mario:
¿Estás enfadada?

Mario:
Espero que no tenga que traerte otro dónut mañana.

Mario:
¿Puedo llamarte por teléfono? 😇

8

—¡Violeeeeeeeeeeeeeta! ¡Violeeeeeeeeeeta! ¡Violeeee-eeeeeeeta!

Las miradas de todos los chicos y chicas que se apelotonan en la entrada del instituto se posan sobre mí cuando Mario y Nacho corean mi nombre nada más verme. Nacho incluso se arrodilla frente a mí subiendo y bajando los brazos como si estuviera adorándome.

—¿Qué haces? Levántate. ¡Por favor! —pido a Nacho intentando que se ponga de pie mientras noto que me estoy poniendo roja de vergüenza.

Si llego a saber que pensaban montar todo este espectáculo, nunca hubiera aceptado las disculpas por teléfono de Mario y mucho menos jugar con ellos dos al PlayerUnknown's Battlegrounds, un videojuego en línea multijugador donde hasta cien jugadores saltan en paracaídas en una isla en la cual deben matar a los otros jugadores mientras evitan ser asesinados y donde el último jugador o equipo en pie gana.

¡Qué razón tenía Andrés cuando decía que eran mancos!

De hecho, ayer, gracias a que estuve salvándoles el culo constantemente, Mario y Nacho ganaron por primera vez una ronda. Y estaban eufóricos.

¡Demasiado!

—Eres una máquina, tía. Te queremos en nuestro equipo siempre —deja claro Nacho, que tras una sesión de juego *online* ha pasado de no mirarme a la cara cuando nos presentó Mario a idolatrarme—. Todos los martes y los miércoles jugamos unas partidas para el canal. Hoy toca jugar al...

Nacho mira a Mario para que le diga el juego al que tienen pensado dedicar la partida de esta tarde después de clase.

—¿Has jugado alguna vez al Ark: Survival, Violeta? —me pregunta Mario para saber si también los podría mantener con vida entre los dinosaurios de ese videojuego.

—Esta tarde no puedo. Tengo *hip-hop* —informo.

—Es verdad —dice Mario contrariado—. Vas lunes y miércoles.

Nacho rápidamente busca una alternativa:

—Pues ¿quedamos el jueves?

—Yo los jueves no puedo —le recuerda Mario que, de la misma manera que él sabe los días que tengo *hip-hop*, yo sé que los lunes y los jueves tiene entrenamiento de baloncesto.

—Bueno, pues podemos jugar tú y yo los jueves —me propone Nacho, que no tiene ningún problema en renunciar a jugar con su «*brother from another mother*» y compañero de canal de YouTube para poder hacerlo conmigo.

Por desgracia para él, yo soy el caso opuesto. Si Mario no está al otro lado del chat de voz, mi interés es cero.

—Yo prefiero jugar solo los martes que me apetezca —respondo esperando que no se lo tome a mal.

Y si se lo toma a mal, ¡pues problema suyo!

—¿Solo los martes? —pregunta Nacho con pena.

—Y no todos. Cuando…

—Cuando te apetezca. Lo he entendido —dice Nacho acabando mi frase de forma brusca—. Suerte que Mario se esforzará para que te apetezca siempre —añade a continuación con una sonrisa pícara y un poco malévola que coge a Mario por sorpresa.

—¡¿Qué dices?! —reacciona Mario arreándole un puñetazo en el brazo mientras veo cómo se pone rojo de vergüenza.

—Comentar lo que me dijiste —responde Nacho que riendo se acerca a mí para soltarme al oído una frase en voz baja, pero asegurándose de que Mario la escuche también sin problemas—: Me ha dicho que le gustas un montón.

El manotazo que le lanza Mario esta vez es más fuerte, pero no llega a impactar en Nacho, que lo esquiva y huye riendo a carcajadas hacia dentro de la escuela mientras suelta un «¡Hasta luego, parejita!» que provoca las risas de algunos de nuestros compañeros de clase que como nosotros hablan en la puerta de entrada del instituto.

—Ey, no le hagas caso, Violeta —se apresura a decirme Mario—. Es mentira. Tú no…

¿De verdad me va a decir que no le gusto a la cara?

—Tú no me gustas.

Pues sí, lo ha dicho.

—Tú a mí tampoco.

9

—Que te haya dicho que no le gustas no quiere decir nada —afirma Regina disfrutando como una enana en su papel de consejera sentimental.

Tenía muy claro que ni ella ni Emma iban a permitir que después del ensayo de *hip-hop* subiera al tren de vuelta a Barcelona sin pasarles el parte de mi «romance» con Mario y, sobre todo, sin escuchar sus consejos. Por eso, porque estamos a finales de diciembre y no tengo interés en que se me congelen las orejas, en vez de hablar andando hacia la estación y después a la intemperie junto al torno que da acceso al andén al aire libre en dirección a Barcelona, he propuesto a las chicas y Andrés reponer fuerzas en el bar que hay junto al centro donde bailamos.

Si tengo que tragarme el rollo, por lo menos que esté calentita.

—Claro que no quiere decir nada. Porque de la manera como te ha dicho que no le gustas, quiere decir que le gustas —dice Emma interviniendo en la conversación—. ¡¿Qué pasa?! —suelta indignada al ver que Andrés emite un resoplido de desaprobación.

—Que los chicos somos mucho más básicos. Somos mucho menos retorcidos que vosotras. Si ha dicho que no le gusta, no le gusta. Es así. Caso cerrado. ¿Podemos hablar ya de otro tema? ¡POR FAVOR!

—¡NO!—responden Regina y Emma al instante y al unísono, provocando que Andrés se pegue un tiro con los dedos en la cabeza y se deje caer muerto sobre la mesa del bar.

—Además, eso que dices no es verdad —explota Emma mientras «resucita» a Andrés con una colleja para que abra los ojos moribundos y nos mire—. Porque tú siempre dices que NO te gusta Violeta. —Entonces interpreta ese papel de bruja mala que Emma saca cuando quiere y añade—: Y estás loco por ella.

—No es verdad —replica Andrés con tranquilidad—. Yo siempre he dicho que me gusta mucho Violeta. Es ella la que no me hace caso —dice mirándome y sacándome la lengua.

—Porque para mí eres como un hermano —suelto sabiendo que le revienta que le meta en el mismo saco que a León.

—¿Y eso es un problema? Existe el incesto, eh, Violeta —suelta sacándome una carcajada—. Y encima te hago reír. Acéptalo, lo tengo todo, hermanita.

—Pues no está interesada. Lo siento, Andy —dice Emma poniendo vocecita de pena y acariciándolo como a un perrillo abandonado.

Luego, como si nada, vuelve a hablar con su voz normal para volver al tema de conversación que le interesa:

—¿Y por qué no traes un día a Mario a Mataró y nos lo presentas? Si lo vemos en persona, yo te digo si le gustas o no.

¡Ni loca!

—No os pienso traer a Mario para que lo volváis loco a preguntas.

—¿Por qué no? No mordemos —suelta Emma—. Y si es tímido y no se atreve a venir solo... Dile que se traiga a su amigo Nacho.

—¿Quieres conocer a Nacho? —suelto sonriéndole con picardía, consciente de que su propuesta, esa que ha dejado caer de manera «desinteresada», va más allá del sentimiento altruista de que Mario se sienta cómodo con alguien conocido al lado.

—¿Qué? —dice como si no pudiera siquiera imaginarse qué estoy intentando insinuar.

—Que tú lo que quieres es que venga Nacho para lanzarte sobre él —respondo siendo yo ahora la que saca la bruja mala para perturbarla y subirle un poco los colores.

—Ey, eso no es así —replica indignada—. Pero, puestos a hablar de él, he visto los vídeos de YouTube esos que tienen y... es guapo —añade sonriendo pícara.

—A ti todos te parecen guapos —suelta Andrés, que realmente desearía poder pegarse ese tiro en la cabeza.

—Tú no —responde Emma enseñándole el dedo corazón.

—Genial. No tienes gusto para los chicos y encima eres maleducada. Una joya.

Regina y yo nos reímos de la respuesta de Andrés. Emma al principio no, luego no puede más y se le escapa la risa. También una hostia a Andrés, que se frota la mejilla dolorida mientras refunfuña:

—Joder. Como no le vaya el sado, lo tienes difícil con Nacho.

—Entonces ¿qué? ¿Cuándo quedamos con ellos? —suelta Regina mientras se seca las lágrimas de risa de los ojos con una servilleta de papel.

—¿Nunca? —suelto recordándole que he dicho que no pienso decirle a Mario que venga a conocerlos.

—¿Y si hacemos una «fiestecilla pre-Navidad» para celebrar el fin del primer trimestre? —propone Emma.

—¡Compro! —dice Regina aceptando la idea como si estuviera en una subasta.

—¡Yo no! —digo dejando claro que no estoy de acuerdo.

Aunque no sirva de nada porque las chicas siguen planificando sin importarles mi opinión:

—El trimestre acaba el viernes, pero quedamos mejor el fin de semana, ¿no?

—Mucho mejor. Yo les puedo pedir a mis padres que nos dejen la casa el domingo por la tarde para quedar con vosotros y un par de amigos.

¡Venga! ¡Como si no existiera!

—¡Que no se lo voy a decir ni a Mario ni a Nacho! —suelto subiendo la voz para que me hagan caso de una vez y se den cuenta de que están perdiendo el tiempo.

—No hace falta —dice Emma—. ¡Ya se lo digo yo! —añade cogiéndome el móvil de la mesa y desbloqueándolo a una velocidad de locura.

—¡Ey, no! ¡Otra vez no! —grito para que no vuelva a escribirle a Mario en mi nombre como ya ha hecho una vez.

Intento quitárselo, pero Regina me sujeta para que no pueda hacerlo.

—Nos van a echar del bar —avisa Andrés, que no sabe dónde meterse cuando se da cuenta de que toda la clientela nos mira por escandalosas.

—Bueno, le diré que ha sido una broma de mis amigas y ya está —suelto dejando de montar el espectáculo y viendo cómo Emma teclea en el chat que tengo con Mario.

—Invitación hecha —informa dejando el móvil encima de la mesa para que todos podamos leer lo que ha puesto.

—Como hayas puesto algo guarro te mato —digo abocándome como los otros a leer su mensaje, bueno, «mi» mensaje.

—He sido supercorrecta, tranquila —me dice poniendo sonrisa de niña buena.

¡Serás cabrona!

—Además, que la otra vez le escribiera te fue bien.

—Hombre, bien, bien, tampoco —opina Andrés—. Hoy le ha dejado muy claro que no le gusta.

—¡¡¡CALLA!!! —le gritamos esta vez las tres a coro.

Ellas, para que deje de meter cizaña. Yo, porque no necesito que me recuerde que me ha dicho que no le gusto. Entonces…

—¡Está escribiendo! ¡Está escribiendo!

Todo el bar sabe que Mario está escribiendo porque Regina lo ha pregonado a viva voz. La intriga de cuál es su respuesta dura unos segundos.

Mario:
Yo no puedo. ☹ Paso las Navidades con mi madre en Bruselas. El vuelo sale el domingo. ☹

—Genial, no puede —suelto contenta porque a Emma y a Regina les ha salido el tiro por la culata.

Entonces, leo las intenciones de Emma nada más tener

esa idea en la cabeza. Por eso me lanzo a recuperar el móvil de la mesa antes que ella.

¡Qué rápida es!

Si hubiese sido un duelo del oeste estaría tumbada en el suelo con una bala porque ella ha sido mucho más rápida.

¿Y cómo diantres puede teclear mensajes a esa velocidad?

Violeta:
¿He dicho domingo? ¡Sábado! Hemos quedado el sábado. ¿El sábado puedes? 😐

Mario:
El sábado sí. ☺

Mario:
Se lo pregunto a Nacho.

—Genial, sí puede —sueltan Emma y Regina imitando mi celebración en plan burlón porque se han salido con la suya.

Si no las quisiera tanto las mataría ahora mismo.

—De verdad que la adolescencia os está dejando tontas —suelta Andrés, que está deseando salir del bar donde todo el mundo nos mira.

—¿Tú no vendrás entonces? —le pregunta Regina.

—¡Claro que iré! —responde indignado por el hecho de que lo haya dudado—. Tengo que vigilar que mi «hermana» no se enrolle con un gilipollas —añade mirándome a mí.

10

En estos momentos le estoy agradecida a Mario porque ha conseguido que me dé absolutamente igual si le gusta cómo voy vestida cuando llegue. La preocupación de que me encontrara guapa con el modelito que he escogido para acudir a la fiesta en casa de Regina se ha desvanecido hace rato. Ahora solo deseo que aparezca de una vez como ya ha hecho Nacho. Porque como no lo haga pronto, vamos a perder otro tren a Mataró y, de paso, Nacho y yo también vamos a decir adiós a algún dedo de la mano por congelación extrema mientras le esperamos.

¡Qué gran idea ha sido encontrarnos fuera de la estación para poder disfrutar de la rasca!

Ya hace cinco minutos que le he escrito preguntándole si se había olvidado de que habíamos quedado. Desde entonces, seguimos esperando una respuesta. De hecho, ni siquiera ha leído el mensaje y, según WhatsApp, su última conexión ha sido hace más de una hora.

—Siempre hace lo mismo. Estoy hasta los huevos de esperarlo siempre. Y más aquí fuera que hace un frío de cojones.

De repente, da señales de vida en el móvil.

Mario:
¡Lo siento! ¡Me he dormido! 😮

¡¿OTRA VEZ?!

Violeta:
¡¿Qué?! ¡¿Cómo te puedes quedar dormido por la tarde?!

Mario:
Siesta en el sofá. 😳

Mario:
¡Sorry! Id yendo tú y Nacho si queréis.

Mario:
Yo tardaré un rato largo en llegar.

—¿Es el mamón de Mario? —pregunta Nacho—. ¿Y qué dice? ¿Ya llega? —añade después de que yo asienta con la cabeza.

—Sí. Casi está aquí. Dice que le esperemos —respondo descartando la posibilidad de pasarme cuarenta minutos de tren en compañía de Nacho.

¡Suficientemente incómodo es estar esperando a solas con él!

Violeta:
Te esperamos, dormilón. 😜

Mario:
Pero tardaré una media hora como mínimo.

Violeta:
Pues deja de escribirme y... ¡CORRE!

—Y ese «casi está aquí» ¿cuántos minutos son? —pregunta Nacho sospechando que esperará más de lo que he querido dar a entender con mi respuesta.

—Ni idea —respondo encogiéndome de hombros para evitar inventarme unos pocos minutos que sé que Mario no va a cumplir—. Si quieres, para hacer tiempo podemos entrar a la estación y comprar vuestros billetes de ida y vuelta.

—Bueno... Para hacer tiempo también podrías enseñarme alguna foto de tus amigas, ¿no? —suelta Nacho sonriendo pícaro—. Mario me dijo que están buenas.

—Mario no las ha visto —respondo dejando claro que a él tampoco le he enseñado ninguna foto de Regina, ni de Emma.

—Pues es lo que me ha dicho para convencerme de venir. Que estaban muy buenas. Pero tranqui, no te pongas celosa. Tú le gustas más —añade guiñándome un ojo.

¡Es gilipollas!

Mira que pongo voluntad para que me caiga bien, al menos para soportarlo, pero parece que Nacho se esfuerce en conseguir lo contrario con sus bromitas sin gracia.

—Entonces ¿qué?, ¿me enseñas una foto de tus amigas?

—No.

—Vale. Eso es que son dos orcos de cojones —deja ir Nacho decepcionado.

—¡Emma y Regina son una pasada de guapas! —suelto indignada.

—Ya, seguro. Y sobre todo muy simpáticas, ¿no? —dice poniendo esa sonrisa burlona que borraría de una hostia hace rato.

De hecho, le estamparía el móvil con una de las fotos que Emma ha enviado esta tarde con diferentes modelitos para que le dijéramos con cuál le iba a gustar más a este estúpido. Para que viera lo espectacular que está y se calle de una vez. Pero paso, porque eso sería enseñarle exactamente lo que me ha pedido.

¡No me puedo creer que Emma quiera conocer a este idiota!

—Pues dime una cosa. ¿Al menos tienen…? —dice Nacho poniéndose las manos frente al pecho como si sujetara un buen par de tetas—. Es que una chica sin nada —la mirada fugaz que me lanza al pecho al decir «nada» hace que me hierva la sangre— no es una chica.

¡Se la lleva!

El impacto de mi mano en su mejilla resuena de tal forma que las personas que pasan cerca de nosotros nos miran un instante para luego seguir su camino. Yo, lejos de arrepentirme, siento esa voz interior que me alienta a darle otra a ese estúpido que se ríe con mis dedos marcados en la cara y la oreja roja porque también se la he pillado.

Como Emma acabe enrollada con este imbécil, será bien tonta.

***

—A ver… Ahora no te enfades conmigo, pero… —Emma hace una pequeña pausa antes de continuar hablando con cautela— ¿no crees que te has pasado un poco?

—¡¿YO?! —He pasado cuarenta minutos sola dentro de un tren intentando calmarme, pero sigo demasiado encendida para encima tener que oír que Nacho, a quien he dejado tirado esperando a Mario en Barcelona, no se merecía la hostia que se ha llevado—. ¡¿Yo me he pasado?!

—Hombre, le has cruzado la cara a Nacho por una broma que tampoco era para tanto —añade Regina apoyando a Emma, a la vez que se aleja de mí por si las moscas.

—¡Nacho es un gilipollas! —suelto por si no había quedado clara mi opinión cuando he llegado sin compañía a casa de Regina y les he explicado lo ocurrido entre nosotros.

—¡Guau! Qué buen rollito vamos a tener en esta fiesta cuando lleguen esos dos —dice Andrés—. Eso os pasa por invitar a otros chicos. Yo no doy estos problemas —añade intentando rebajar un poquito la tensión.

—Eso díselo a Emma. Esta fiesta es idea suya —replico molesta por haber tenido que escuchar que encima soy yo la que me he pasado.

—Para que pudieras estar con Mario y supieras si le gustas —dice Emma defendiéndose.

—¡No! Esta fiesta es para que tú puedas conocer a Nacho —respondo para que no se piense que soy tonta y no veo que solo piensa en ella.

—Genial. El buen rollito lo tenemos sin necesidad de que lleguen —dice Andrés mirando a Regina, que observa la discusión sin atreverse a volver a decir nada.

—Yo sigo diciendo que ha sido exagerado darle una hostia, Violeta —vuelve a remarcar Emma por si no me había quedado claro.

¡No me lo puedo creer! ¡Cómo puede defenderlo!

—Yo alucino, Emma. ¡Que no le conoces! Lo encontrarás guapo, pero es un imbécil como los que en el cole me decían que no era una chica para hacerme daño.

—A ver... —dice Andrés sentándose a mi lado—. Me cuesta decirte esto porque no pensé que lo diría nunca, pero... quizá... —Andy hace una pausa antes de decirme alguna cosa que sabe que no me gustará escuchar— Emma tenga un poquito de razón.

¡¿QUÉ?!

—Nacho no te ha dicho que no fueras una chica —aclara Andrés que ante mi mirada inquisidora de «cómo puedes decir esto» sigue explicándose—. Te ha dicho que no tienes tetas.

Me cuesta entender cómo Andrés ha podido esquivar la hostia que le he lanzado.

—¡Ey! ¡Que a mí me encantas como eres, Violeta! —grita mientras se levanta y corre a protegerse detrás de Regina—. Solo digo que tú te lo has tomado como si fuera un ataque de aquellos gilipollas que en el cole te decían que eras un chico y pasaban de llamarte Violeta, y no ha sido eso. Es «solo» un imbécil que le dice a una chica que no tiene las tetas grandes como a él le gustan.

—Me tenía que haber puesto relleno —suelta Emma de repente mirándose preocupada los pechos—. ¿Me puedes dejar un sujetador con relleno? —pregunta a continuación a Regina, que es la que está en su casa y tiene todo el armario a su disposición.

—Claro que sí.

Al instante Emma se saca el jersey rojo que lleva puesto y se apresura a desabrocharse el sujetador de camino a la habitación de Regina.

—¡Emma, por favor! —suelta Andrés algo perturbado, pero sin apartar la vista por si puede ver algo.

—Pero parpadea al menos, Andy —le digo con maldad sabiendo que le sacaré los colores.

—Pero ¿qué dices? —responde rojo como un tomate—. Que sois como mis hermanas —añade indignado.

—Bueno, tú eres el que me dijo el otro día que existe el incesto, ¿no?

Me encanta ponerlo contra las cuerdas utilizando sus palabras.

—El incesto solo me interesa contigo —suelta revolviéndose como un boxeador que no piensa dejarse noquear.

De repente, suena el timbre de casa de Regina y doy un brinco a pesar de saber que sonaría.

—¡¿Quién llama?! ¡No serán ellos, ¿verdad?! —grita Emma que por su tono de «dime que no, dime que no» debe de estar probándose todos los sujetadores con relleno de Regina una y otra vez.

—¡Sí, ya están aquí! —responde Andrés mientras me sonríe sabiendo que Emma se va a poner histérica.

—¡¿Qué?! ¡¿Son ellos?! —pregunta Emma estresada cuando vuelve a sonar el timbre.

—Vamos a abrir, chicas —responde Andy disfrutando.

—¡Esperad! ¡Esperad! —grita Emma, que a los pocos segundos aparece corriendo frente a nosotros—. ¿Cómo estoy?

—Atontada por la pubertad —bromea Andrés y se lleva un puñetazo en el brazo.

—Guapísima —digo yo callándome un «como hace cinco minutos, como siempre».

—¿Se me ve más pecho?

—Que sí —suelta Regina que por su tono hastiado ha respondido a esa pregunta unas cuantas veces en su habitación—. Va, voy a abrir antes de que se congelen en la calle.

Regina se dirige al interfono mientras Emma se mira y se recoloca las tetas subiéndoselas con las manos. Yo noto que me empiezan a sudar las manos cuando escucho la voz de Mario a través del intercomunicador diciendo: «Sí, somos nosotros». Entonces me meto las manos en los bolsillos e intento secármelas. Luego busco mi reflejo en cualquier lado para asegurarme de que estoy bien.

—Si no te dice que estás guapísima, estabas en lo cierto el primer día: es un imbécil —me dice Andrés al oído para calmarme.

Nunca he tenido más ganas de estar equivocada.

II

—Va, ahora seguro que lo hago —dice Mario a Andrés, convencido de que esta vez conseguirá ejecutar un *flare* de *break dance* o por lo menos algo que se parezca.

—Recuerda —le dice Andrés, que está disfrutando metido en su papel de profesor experto que ejecuta sin esfuerzo ese paso de baile que ha tardado meses en aprender y que evidentemente Mario no va a conseguir hacer en una tarde por mucho que se empeñe—. La mano izquierda en el suelo. Pateas la pierna izquierda primero atrás y luego hacia delante mientras la derecha la llevas del suelo arriba. Entonces, las dos piernas te quedarán enfrente en forma de uve y las dos manos las tendrás puestas en el suelo. Aquí es importante levantar la cintura hacia arriba para poder seguir el movimiento y pasar las piernas para el otro lado. ¿Sí?

—¡Sí! —responde Mario convencido.

Pues va a ser que no.

—Venga, MaMon, tú puedes —suelta Nacho, que ha pasado de seguir intentándolo después de ver que ese *power move* de *break dance* no es tan fácil como parece cuando lo hace Andrés, ni iba a hacerlo con la polla como había asegurado convencido al verlo.

—Pero vigilad, por favor —pide Regina que, desde el intento en que una zapatilla que ha salido volando casi se carga un jarrón de su madre, está maldiciendo el instante en que Emma ha propuesto o, mejor dicho, ha impuesto jugar al Just Dance para poder mostrarle a Nacho lo bien que se mueve y se contonea.

Como si le hiciera falta para que Nacho la mirase con la boca abierta.

Me apostaría toda la pasta del mundo a que este se pasa toda la noche tocándose pensando en ella.

¡Y me forraría!

Como también ganaría si me la jugara a que Mario es incapaz de realizar algo que se asemeje a un *flare*, por mucho que se haya empeñado en aprenderlo después de vérselo ejecutar a Andrés en la pista de baile que hemos improvisado al apartar el sofá para jugar al Just Dance.

Lo que ha disfrutado Andy haciéndose el chulo.

—Mano en el suelo, pierna izquierda atrás, luego enfrente, pierna derecha arriba, piernas en uve, manos al suelo, cintura arriba y paso las piernas al otro lado —se repite Mario como si saberse la secuencia de movimientos fuera suficiente para hacerlos—. ¡Mierda!

Y no lo es.

—Casi —suelta Andrés con ironía y sin hacer ni un esfuerzo por ocultar que le hace gracia ver a Mario tumbado ahí bocarriba.

—Capullo —responde Mario con una sonrisa y agarrándose a la mano que Andrés le ofrece para ayudarle a levantarse del suelo.

Tal vez solo sea una fachada de Andy para contentarme, pero a simple vista se han caído bien.

—Acabaré haciéndolo mejor que tú —añade Mario con poca, o ninguna, seguridad—. Solo me falta velocidad al levantar las piernas.

—Y técnica, y coordinación, y control abdominal, y fuerza en las muñecas, y...

—Y un buen profesor —dice Mario acabando la lista que había empezado Andrés—. No lo olvides. Eso también me falta.

—Tienes al mejor —responde Andrés chuleta mientras hace espacio para una nueva demostración—. Va, mira y aprende del maestro —le dice a Mario, que le deja sitio.

—Ojalá te salga un churro, por chulo —digo.

—Imposible —me responde mirándome seguro mientras separa los pies el uno del otro y apoya la mano izquierda en el suelo—. Soy el mejor —añade justo antes de ejecutar un *flare* sin esfuerzo aparente y volver a ponerse de pie—. *I'm the fucking king of the dance floor* —proclama sonriendo con los brazos al aire.

—Será que tú no lo hacías de pena el primer día, fantasma —suelta Regina para bajarle un poco los humos—. Tendrás que ensayar cada tarde con Violeta como hizo Andrés, Mario —añade en un intento supermono de que Mario tenga un motivo para querer pasar las tardes a mi lado.

—¿Tú también sabes hacer esto? —me pregunta Nacho.

—Ella es *the fucking queen of the dance floor* —responde Andrés por mí—. Va, enséñales cómo se hace.

—Paso —respondo.

—Va, por favor, Violeta. Quiero verte —me pide Mario—. ¿Por qué no? —insiste después de que niegue con la cabeza.

—Porque no voy vestida para hacer un *flare*.

Voy vestida para que me digas que estoy guapa.

¡Y sigo esperando!

—Vaaaaaa, haré lo que me pidas a cambio.

—Dale un beso —suelta Emma con una sonrisa pícara que no borra cuando la miro fijamente con ganas de matarla—. ¿Qué? Si a mí Nacho me da uno, lo intento.

De forma inmediata, Nacho le estampa un beso en la mejilla.

—¡Toma! Por bocas ahora te toca hacer un *flare* con tacones —ríe Andrés.

—Si me devuelves el beso, te libero de intentarlo —dice Nacho cogiendo de la mano a Emma para que no se aparte de su lado.

El beso de Emma es un rozando el palo intencionado en plena comisura de los labios. No ha sido un pico, pero ni mucho menos ha sido un beso en la mejilla como el que ella ha recibido.

—Los padres de Regina volverán dentro de una hora. Después podríamos ir a tomar una pizza al lado del mar, ¿no? —propone Emma mirando a Nacho, aunque suponemos que debe de ser una proposición para todos al decirla en voz alta.

—Yo me apunto —responde Nacho, que diría que sí a cualquier cosa que le propusiera Emma.

—Yo si mis padres dicen que sí, también —dice Regina sumándose a la parejita.

—Yo igual —responde Andrés—. Si quieres, Violeta, ya sabes que puedes quedarte a dormir en mi casa para que no cojas el tren tan tarde. Díselo a tu madre —añade sabiendo que a según qué horas no van a dejar que vuelva sola hasta Barcelona.

—¿Tú qué haces, Mario? —pregunto arrepintiéndome al instante porque parece que lo que yo haga depende de lo que haga él.

Que vale, sí. Un poco sí que es así, porque si voy quiero que venga. Pero me jode que quede tan claro.

—Yo no puedo —responde con un tono de disculpa—. El vuelo a Bruselas para pasar las vacaciones con mi madre sale supertemprano. Y aún tengo que hacer la maleta.

—Pues te piras solo, eh —aclara Nacho, a quien habría que apartarlo de Emma con el uso de la fuerza para subirlo a un tren.

—O no se pira solo —respondo con un punto de mala leche que tampoco viene a cuento, pero es que casi cualquier cosa que diga Nacho me molesta.

Es cierto que me ha pedido perdón solo cruzar la puerta y que ha estado «correcto» toda la tarde, pero, a diferencia de Emma que está encantada con él, yo no lo trago.

—Entonces ¿volvemos juntos? —pregunta Mario con esa sonrisa de niño bueno a la que empiezo a ser adicta.

—Es una manera de no volver sola —respondo para dejar claro que si lo hago es principalmente por eso, no porque quiera estar a solas con él.

—Bueno, si lo haces por eso, también puedes volver con Nacho más tarde —dice Andrés sin dudar de que antes que eso volvería caminando sola.

¡Te mataré!

Andrés sonríe cuando le miro con ganas de arrancarle la lengua.

—Es verdad, quédate y vuelve con Nacho —dice Mario, a quien no parece importarle volver solo.

¡¿Cómo dices?!

—No. Vuelvo contigo. Prefiero llegar antes a casa —digo ocultando mi enfado por esa falta de interés por volver conmigo—. Cuando quieras irte, nos vamos juntos —añado tajante.

¡Ya estoy harta de tonterías! Cuarenta minutos de viaje él y yo a solas. Eso es todo lo que le doy.

O se decide a dejarme claro si le gusto, o que le den.

12

¡Estoy harta, Mario!

Me muero de ganas de soltarle esta frase para que deje de hablarme de tonterías y escuche de una vez lo que tengo que decirte:

Te seré muy clara. Ahora mismo me importa muy poco si te lo has pasado bien con mis amigos, si Andrés te cae de puta madre, o si tú crees que a Nacho le mola un montón Emma. Que esto último ya te lo digo yo: ¡¡¡claro que le mola!!! Ese gilipollas se va a destrozar las manos de tanto tocársela pensando en ella. Pero, como te he dicho, todo eso me importa MUY POCO. Lo que yo quiero que me digas antes de bajar de este tren es si yo a ti te gusto. ¿Sí o no? ¿Te gusto, Mario?

Sin embargo, todo eso que me quema por dentro me lo callo mientras por las ventanas del vagón deja de verse el exterior y aparecen las paredes del túnel que indica que ya entramos en Barcelona.

¡Decidido! O aprovecha las tres paradas que le quedan o que le den.

—La vuelta se me ha hecho mucho más rápida —dice ajeno a mi ultimátum.

—Eso es porque la compañía es mucho mejor que en la ida —respondo por si no tiene claro el motivo.

—Bueno, con Nacho me he reído un montón.

—Entonces quizá debería haber vuelto con él para reírme yo también —suelto picada por insinuar que si se le ha hecho más corto el viaje de vuelta no puede ser por la compañía porque en la ida se ha partido el culo de risa con su amiguito.

Por eso, y porque estoy harta de tonteos y no tener las cosas claras.

—¿Yo a ti te gusto, Mario?

¡Ahí está! Directa. Sin miedos.

—Joder —suelta sorprendido y algo asustado, como si de repente hubiera sacado un revólver, le hubiera apuntado a la cabeza y le hubiera dicho: «¡Habla!»

Reconozco que la brusquedad con la que he soltado la pregunta ayuda a dar esa sensación de loca a la que no conviene decirle que no hasta que se abran las puertas del tren y uno pueda salir corriendo. Por eso, sonrío y repito la pregunta con un tono mucho más cariñoso:

—¿Te gusto o no? No pasa nada si es que no. Pero necesito saberlo.

—¿Y yo a ti? —pregunta Mario sin responder, mirándome con unos ojitos de temor que soy incapaz de saber si tienen miedo de que diga que sí o, por el contrario, de que conteste que no.

—Depende —digo sonriendo nerviosa.

—¿De qué? —pregunta devolviéndome esa sonrisa—. ¿De si te digo que sí?

—Bueno, si me dices que no, ya te digo ahora que no vas a gustarme nada —suelto bromeando.

—¿Y si te digo que sí?

—Eso tendrás que averiguarlo diciendo que sí.

Tampoco te lo voy a poner tan fácil.

Mario me mira fijamente mientras se frota las piernas con las manos. Visto desde fuera parece como si estuviera apaciguándolas para no salir corriendo. No lo culpo. Yo noto las palmas de las manos húmedas y me muero por romper ese silencio incómodo en medio de todo el alboroto de pasajeros levantándose y preparándose para bajar en la estación de Plaza de Cataluña.

—Es la nuestra, ¿no? —dice Mario levantándose del asiento como un resorte al ver por la ventanilla el andén.

¡Que te den!

—La tuya —digo—. Yo bajo en la siguiente —añado después de decidir que paso de bajar con él y que ya improvisaré cómo volver a casa desde la siguiente estación.

—Ey, que no estaba cambiando de tema. —*¡No, claro, no es eso!*—. Solo he dicho que era nuestra parada para que no se nos pasara.

—Pues, corre, baja. Yo lo haré en la siguiente.

—Vale. Pues entonces yo también —dice sentándose de nuevo frente a mí sonriéndome con esa sonrisa de niño bueno que tiene.

¡Vas listo si piensas que una sonrisita te va a funcionar!

Me levanto y camino hacia las puertas del vagón. Mario me sigue.

—Si quieres que te responda a la pregunta, tendré que bajar contigo, ¿no? —dice cuando se abren las puertas del tren y le miro con cara de «¿Adónde vas?».

—Vale, responde —digo nada más poner los pies en el andén.

—No me gustas.

¡Imbécil!

—Tú a mí tampoco me... —empiezo a decir rabiosa hasta que...

Un beso rápido de Mario en los labios me impide terminar la frase.

—No me gustas, Violeta. Me encantas —suelta ensanchando esa sonrisa que adoro.

O, al menos, eso creo oír. Porque reconozco que mi mente se ha quedado atrapada en ese instante inesperado y soy incapaz de asegurar al ciento por ciento qué han pronunciado esos labios que acaban de besarme.

Mi primer beso. ☺

13

Mario:
Tengo ganas de verte.

Mario:
😳

De repente, Mario me escribe estos dos whatsapps que me hacen sonreír como una tonta. Ni siquiera tienen nada que ver con lo que estábamos hablando, que era de las ¡TROPECIENTAS MIL! fotos que Emma me envía cada vez que ella y Nacho quedan estos días que estamos de vacaciones de Navidad.

¡Sigo sin entender cómo puede estar tan colgada de él!

Supongo que hablar de «Los tontolitos», como los hemos bautizado porque son más tontos que tortolitos, y de las cosas que pueden hacer, a diferencia de nosotros que estamos separados, ha provocado ese impulso de sinceridad que ha obligado a Mario a teclear que tiene ganas de verme.

Y yo a ti. MUCHAS.

De forma automática tecleo exactamente lo que estoy pensando y añado al final el emoticono de un corazón. Sin embargo, cuando leo ese mensaje escrito en la pantalla del móvil, me revienta enviar esa cursilería.

¡Que tú no eres Emma, Violeta!

Y la borro. A pesar de la necesidad imperiosa de ver a Mario, que me hace estar de mala hostia y desear que se acaben las Navidades de una maldita vez, borro esa respuesta porque me molesta tener ese sentimiento.

Violeta:
Pues mira que es fácil verme. ¡Vuelve!

De verdad que odio la ciudad de Bruselas, que su madre viva allí y que tenga que pasar las fiestas con ella… ¡Y no conmigo!

Mario:
Bueno… Ya solo falta una semana. ☺

Violeta:
Si una semana te parece poco, es que no tienes tantas ganas de verme. 😜

Mario:
Te echo de menos.

Violeta:
Ya… seguro… 😕

Mario:
Pues sí. Mucho. ¿Tú a mí me echas de menos?

Violeta:
Bueno…, un poquito.

Violeta:
Un poquito bastante.

Violeta:
¡Qué diablos! Mucho también.

Violeta:
¡¡¡Vuelve ya!!! 😜

Mario:
😄😄😄😄😄😄

Mario está escribiendo cuando, de repente, mi móvil empieza a sonar, asustándome, y la pantalla del chat con Mario desaparece para mostrar la llamada entrante: Andy.

¡¿Andrés?!

—¿Qué haces? —le pregunto apartando los ojos de la pantalla y clavándole una mirada asesina.

Sentado a mi lado en la cama de mi habitación, me hace un gesto para que responda al teléfono. Yo paso y le cuelgo para poder seguir chateando con Mario. Andy vuelve a llamar. Le cuelgo otra vez. Insiste. Entonces, ante una nueva mirada asesina por mi parte, sigue haciendo gestos para que responda a la llamada.

—¡¿Qué?! —digo dándole al botón de aceptar y acercándome el teléfono a la oreja como una estúpida.

—Mire, señorita, le llamamos de la asociación de amigos ignorados —dice Andrés con voz de teleoperador—. Hemos recibido una queja de parte de su mejor amigo diciendo que ha bajado hasta Barcelona para quedarse a dormir en su casa y que usted está pasando absolutamente de él.

—No estoy pasando de ti —le digo directamente, sin hablar por el teléfono como una loca.

—A ver, señorita, eso no es verdad —responde Andrés por teléfono sin abandonar su papel de mediador a favor de los amigos ignorados—. Su amigo lleva horas en su casa viendo cómo pasa de él para hablar con otro por WhatsApp. Se han puesto a ver una peli y ni siquiera se ha enterado de que ha terminado hace rato.

Miro al ordenador portátil de Andrés y descubro que tiene razón.

—¿Lo ve, señorita? Su amigo…

Harta de que me hable como si no fuera él, le quito el teléfono y le cuelgo la llamada.

—Si vuelve a llamarme la asociación de amigos ignorados, te lo lanzo a la calle —digo leyendo sus intenciones antes de devolverle el móvil—. Acabo de hablar con él y estoy por ti, ¿vale?

—Te doy tres minutos para que te despidas del chico del beso.

—Estaré los que necesite —le digo dejando claro que no voy a correr mientras me pongo a leer los mensajes que Mario ha escrito en ese ratito que Andrés nos ha interrumpido.

Mario:
Me gustaría que estuvieras aquí conmigo.

Mario:
Te enseñaría Bruselas.

Mario:
Sería tu guía.

Mario:
Y así no me echarías tanto de menos. 😜

—Ooooooooooooooh. Qué bonito. Quiere ser tu guía y os echáis de menos —suelta Andrés leyendo por encima de mi hombro y llevándose una colleja suave por ello—. ¿Ya os habéis dicho que os queréis? —añade sabiendo que todas esas ñoñerías me dan urticaria.

—Tú ganas, ya no le escribo más. —Entonces aprieto el símbolo del micrófono y grabo un mensaje de audio para despedirme de Mario—. Lo siento, te escribo más tarde porque ahora tengo a Andrés aquí celoso y no me deja escribirte tranquila. ¡Hasta luego!

—¡Beso! —grita Andrés esperando que se grabe y Mario lo escuche.

—Si no me hicieras reír, te mataría —le digo a Andy sin poder evitar sonreír, aunque lo haya intentado.

—¡Ey, que responde! —suelta mirando la pantalla de mi móvil al escuchar el sonido y la vibración de los mensajes que han entrado.

Mario:
Vale. Hasta luego, Violeta. 😗

Mario:
Otro beso para ti, Andrés. 😗😄

—Qué cariñoso es tu amorcito —dice Andrés quitándome el móvil de las manos y dejándolo en la mesita de noche.

—Te la estás ganando —advierto a Andrés.

—Vale. Lo siento. Ya paro —responde dándose cuenta de que está cerca del límite en el que si sigue chinchando voy a enfadarme de verdad—. Mario me cae bien. Parece buen tío —añade sincero, sin bromear.

—Lo es.

—Aunque yo soy mejor —puntualiza con una sonrisa.

—Tú siempre eres el mejor en todo —le digo para alimentar su ego chuleta y sabiendo que me responderá con su típico…

—Lo sé.

¡Nunca falla!

—¿Ahora que ya estoy por ti podemos ver la peli desde donde he dejado de mirarla? —pregunto con ganas de saber cómo acaba.

—¡¿Quieres que vea la peli entera otra vez?!

—Toda no. Desde donde no la he visto.

—No has visto nada, Violeta —dice indignado—. Has estado todo el rato ahí, dándole al móvil.

—No seas exagerado —digo encendiendo el ordenador de Andrés.

Tecleo su código personal para desbloquearlo y busco *Your Name* en la carpeta PELIS JAPOS para volver a poner ese anime desde el punto que recuerdo haber dejado de mirarla porque me ha entrado el primer whatsapp de Mario.

—Mucho antes —suelta Andrés al ver que clico para empezar en el minuto treinta y pico de la peli.

Tiene razón porque la escena no me suena lo más mínimo. Tiro diez minutos atrás y nuevamente lo que se reproduce en la pantalla del ordenador es la primera vez que lo veo.

Pues quizá sí es verdad que no he visto nada.

—Va, mirémosla otra vez desde el principio —suelta resignado Andrés, que me aparta la mano del ratón y le da a la pausa—. Ponte cómoda —añade tumbándose en la cama y poniendo el ordenador a su lado para que quede en medio de los dos cuando yo me eche como él.

—¿De verdad que no te importa? —pregunto dándole la opción de salvarse de verla otra vez.

—Shhhhh, que empieza —responde dándole al play.

***

Los créditos de la película empiezan a pasar mientras suena la voz del cantante que canta en japonés el tema principal de una banda sonora que Andrés ya me había hecho escuchar cuando la descubrió por casualidad en YouTube y que es la culpable de que se bajara esa peli de anime al ordenador para verla hoy conmigo.

—Un poco ñoña, pero me ha gustado —digo soltando mi critica rápida de la peli—. ¿Y a ti? ¿Más esta vez o la primera? —añado bromeando.

Cuando no recibo respuesta me giro esperando encontrarme a Andrés dormido con la boca abierta. Sin embargo, solo está en las nubes.

—¿Eh? —suelta al darse cuenta de que lo estoy mirando—. ¿Te ha gustado la peli? —añade señalando los créditos que siguen pasando en la pantalla.

—Y luego soy yo la que pasa de ti. ¡Ya te he dicho que sí! —suelto haciéndome la indignada por no escucharme—.

¿Estás bien? —pregunto al ver que no me devuelve una réplica inmediata de las suyas.

—Sí, sí, perfectamente. Solo he desconectado un poco porque acababa de verla.

¡Y una mierda! ¡Te conozco!

—Estás enfadado porque te he hecho volver a ver la peli —suelto convencida de que le pasa algo.

—No.

—Entonces lo estás porque he pasado de ti para hablar con Mario.

—¡Que no! No me pasa nada, pesada —dice con una sonrisa forzada con la que intenta disimular que estoy en lo cierto y que algo le preocupa—. De hecho, ya puedes volver a escribirle.

—Andy, te conozco. Dímelo. —Antes de que vuelva a decirme que no, insisto una vez más—: Va, suéltalo.

Se lo piensa.

—¿Me prometes que no te enfadarás si te pregunto una cosa y no te gusta? —dice.

—No. —Andy sonríe resoplando por la nariz como diciendo «genial»—. Pero suéltalo ya. Va, por favor.

Baja la vista y respira profundamente antes de volver a mirarme.

—¿Se lo has explicado a Mario? —suelta tras unos segundos sin decir nada.

Instintivamente estoy a punto de preguntar el qué, pero no me hace falta porque sé perfectamente que se refiere a si le he explicado toda mi historia y, básicamente, si Mario sabe que ha besado a una chica que tiene entre las piernas lo mismo que él.

—No. Lo sabrías —respondo dejando claro que, si lo

hubiera hecho, no tendría que preguntármelo porque ya se lo habría contado.

—¿Y se lo dirás? —pregunta preocupado.

Luego cierra el portátil para que deje de escucharse la música de los créditos de la película y poder hablar sin banda sonora de fondo.

—¿Se lo dirás? —repite.

—En algún momento. Sí. ¿Por qué? ¿Tú no se lo dirías?

—Claro que sí. Pero... —hace una pausa antes de decirme lo siguiente—: No hubiese esperado a pillarme de él para que lo supiera.

—Yo no estoy pillada, tranquilo.

—Sí lo estás —dice tajante—. Y lo estarás más —añade seguro—. Y si Mario sale corriendo porque...

—¿Descubre que tengo polla? —suelto yendo al grano.

—Bueno..., pues sí. Cuando Mario se entere como mínimo va a flipar. Y si sale corriendo, te vas a quedar hecha polvo.

—No me quedaré hecha polvo —aseguro intentando sonar convencida de que será así.

No hace falta que Andy abra la boca para saber que él no lo está en absoluto.

—¿Tú huirías corriendo? —pregunto.

—Yo no huiría de ti nunca, pero Mario...

—Mario tampoco —suelto sin convicción a pesar de mis intentos por sonar segura.

Andrés intenta decirme algo, pero no le dejo.

—Y si lo hace, no te preocupes porque ya te he dicho que no me quedaré hecha polvo. Si no me quiere como soy, no merece la pena. No sufriré por un imbécil —digo forzando una sonrisa para que deje de preocuparse por mí.

—Ojalá fuera tan fácil hacerlo como decirlo.

—Y si no funciona, pues te tendré a ti para animarme y hacerme reír, ¿no? —pregunto mirándole a los ojos sin borrar la sonrisa.

—Eso siempre —dice devolviéndome la sonrisa al acabar de hablar, una sonrisa pícara que anuncia al Andrés coñón que conozco—. Y si quieres que sea tu chico clínex y utilizarme de juguete sexual, también haré el esfuerzo.

—Tú sí que eres un buen amigo —suelto junto a una risa que se corta al sonar mi móvil, que está encima de la mesita de noche donde lo había dejado Andrés.

—¿Es él? —pregunta Andy para que vaya a mirarlo.

—Es él —respondo al acercarme y ver su nombre escrito en la pantalla—. Contesto, ¿vale?

Andrés asiente con la cabeza. Luego vuelve a sonreír y sé que soltará una de las suyas:

—Podrías confesárselo ahora. Si cuelga asustado..., ya me tienes en tu habitación para hacer de clínex.

—Fuera —digo señalando la puerta sin dejar de reír cuando el teléfono deja de sonar de repente.

—Mira, ya no hace falta que me vaya —suelta haciendo el amago de volver a la cama.

—¡Fuera! —le grito lanzándole un cojín que se estrella contra la puerta que cierra Andrés al salir.

Antes de llamar a Mario espero unos segundos para asegurarme de que Andy no volverá a entrar a molestarme con una de sus bromas. Pasado ese tiempo, cojo el móvil y me dispongo a devolver la perdida. Pero no llego a tiempo porque Mario se me adelanta y me vuelve a llamar. Mientras descuelgo me pasa por la cabeza la locura de contestar con un «Tengo que explicarte una cosa». Incluso después de escuchar su hola cariñoso consigo empezar a decírselo:

—Tengo… —Pero acabo cambiando la confesión sobre la marcha—… muchas ganas de verte.

No se lo puedo decir por teléfono.

—En una semana me tendrás ahí —me recuerda.

Tengo una semana para pensar cómo se lo digo.

14

Escucho el metro entrar en la estación y sé que es el mío, aunque no lo pueda ver. El par de meses que llevo cogiéndolo a diario para ir al instituto es el tiempo que he tardado en desarrollar la capacidad de saber con total seguridad si el convoy que está frenando en estos momentos es el que va en mi dirección o en la contraria.

¡¡¡Es el mío!!!

Como si me hubieran dado el pistoletazo de salida, arranco a correr como una loca para que no se me escape. No quiero perderlo y tener que esperar cinco minutos a que pase el siguiente. Cinco minutos sumados a las dos semanas que llevo sin ver a Mario porque ha pasado *¡TODAS!* las Navidades en Bélgica con su madre son una eternidad.

¡Corre, Violeta! ¡¡¡Corre!!!

Llego a la escalera que lleva al andén corriendo tan rápido como puedo y empiezo a bajarla a toda velocidad a riesgo de pegarme la hostia padre.

De repente, las puertas del metro, que ya está parado en la estación, empiezan a emitir el pitido de que están a punto de cerrarse.

¡Vuela, Violeta! ¡¡¡Vuela!!!

Salto dentro del último vagón cuando las puertas empiezan a cerrarse. Un segundo más tarde y me enganchan de pleno.

Menudo carrerón para ganar cinco minutos de reencuentro.

Violeta:
Ya estoy en el metro. ☺

Informo a Mario para que sepa que falta muy poco para que volvamos a vernos.

¡Eso si no me muero ahogada antes!

Busco un sitio libre y me siento. Antes, sin embargo, me saco el abrigo que me ha regalado mi madre para Reyes, porque la carrerita encima me está haciendo empezar a sudar. Solo faltaría que después de dos semanas sin vernos lo haga empapada y oliendo a sudada. Intento relajarme y evito apoyarme en el respaldo para no mojar la camiseta con las gotas que recorren mi espalda.

¡Qué lento va el metro hoy!

Estoy deseando llegar de una vez a mi parada cuando el móvil vibra en la palma de mi mano y compruebo con una sonrisa que Mario ha respondido a mi whatsapp.

Mario:
¡Me he dormido! 😮

¡¿Otra vez?! ¡¿Se ha dormido otra vez?!

Violeta:
¡No me jodas!

Mario:
¡Lo siento, Violeta! Me olvidé de poner la alarma en el móvil.

Si lo tuviera delante, le lanzaría el maldito móvil a la cabeza con rabia. Sobre todo, al recordar que yo una vez metida en la cama me aseguré como diez veces de que había puesto la alarma y que no me había equivocado de hora.

¡Seré burra!

«Tengo ganas de verte.» «Te echo de menos.» Durante dos semanas me ha puesto la cabeza como un bombo diciéndomelo a todas horas.

¡Pues si tuviera la mitad de las ganas que decía, no se habría olvidado de poner el despertador!

Mario:
Nos vemos en clase, ¿vale?

Mario:

¡Métete el beso por donde te quepa!

Violeta:
Hasta luego.

Y si espera que le devuelva el beso, va listo.

Ni apuntándome con una pistola en la cabeza conseguiría nadie que tecleara ese emoticono.

¡Y encima soy tan tonta que me he pegado un carrerón para coger el metro y llegar cinco minutos antes!

Al menos, después de bajar del vagón me lo podré tomar con mucha más tranquilidad. Tengo tiempo. Una hora hasta que empiecen las clases. ¡UNA LARGA HORA!

«¡Pero ¿cómo diablos te puedes dormir siempre?! ¡Ya van tres!» tecleo golpeando la pantalla con los dedos más que tocándola, y cierro con un emoticono enfadado.

¡Qué coño, uno! ¡Un montón!

Tecleo caritas cabreadas sin parar. Líneas y líneas para que le quede claro el mensaje de que no estoy contenta. Cuando llevo siete y salto a la octava, dejo de darle a la tecla del emoticono, lo envío y salgo del chat sin esperar a ver si lo recibe o lo lee. De hecho, si me responde pienso pasar de él porque voy a estar hablando con Andrés, que esta noche me ha enviado un par de mensajes para que me los encontrara esta mañana al levantarme:

Andrés:
Si lo haces… ¡Suerte! 😎🤨

Lo vuelvo a leer y no parece suyo. Un «Échale un par que para eso los tienes» sería más típico de Andy, pero supongo que se habrá cortado sabiendo que eso es exactamente lo que quería explicarle a Mario, que tengo un par de verdad.

El segundo whatsapp ya ha sido Andrés ciento por ciento.

Andrés:
Y si lo necesitas… ¡Aquí está tu chico clínex! 😜

Violeta:
Mario se ha dormido.

Informo a Andrés del plantón para que no se preocupe de si se lo he dicho, si no, si ha salido corriendo, si me ha dado un beso y me ha dicho que no pasa nada, si me ha enganchado un cartel de bicho raro y se lo he partido en el lomo...

Andrés:
Pero ¿qué mierdas le pasa a ese?

Andrés:
Si te interesa un cambio, te informo de que yo sé poner el despertador.

Violeta:
A ti te despierta tu madre. 😜

Andrés:
Pero le digo a la hora que quiero que me levante. Eso es poner el despertador. 😜

Andrés:
¿Y qué vas a hacer toda una hora sola?

¡Capullo! Quiere que se lo pida.

Violeta:
¿Hablar contigo? 😇

Andrés:
Vaaaaaaaaaaaaaaaaaale. Te llamo.

Violeta:
¡Dame dos minutos! Salgo del metro y te aviso.

Andrés:
Y encima te tengo que esperar.

Andrés:
Pero estoy acostumbrado. Llevo trece años haciéndolo. ♥

Violeta:
¡Mentiroso! Me conociste con cuatro años. Solo llevas nueve esperándome.

Andrés:
¡Sal del metro de una vez!

¡Ni hablar! Ya he corrido suficiente por hoy.

Por eso me lo tomo con calma cuando se abren las puertas para bajar. Dejo salir a los ansiosos, a los que tienen prisa y a todos aquellos que se agolpan esperando poder saltar al andén. Soy la última en abandonar el vagón y sigo la riada de pasajeros que se dirigen a la salida sin seguir su ritmo.

Andrés:
¿Te has perdido? ¿Te hago un mapa para salir del metro?

Violeta:
Ya estoy saliendo a la calle.

Violeta:
¡Impaciente!

Andrés:
Te llamo.

—Si fuera Mario, habrías salido corriendo como una loca —me suelta Andrés nada más contestarle—. Pero como soy...

—Qué capullo es. Está aquí —digo cortando al pobre Andrés al verlo—. Te dejo.

—¿Quién está...?

¡Mario! ☺

El muy mentiroso está ahí, esperándome de pie donde acaban las escaleras y empieza la calle, intentando distinguirme entre la marea de pasajeros que salen de la estación. Trato de que no me vea escondiéndome detrás de un chico alto y fuerte que casi hace dos como yo. Subo los escalones enganchada a su espalda para poder sorprender a Mario apareciendo de repente a su lado. Estoy a punto de conseguirlo, apenas cuatro peldaños nos separan, cuando una nueva llamada de Andrés, a quien cuelgo de inmediato, me delata. Entonces Mario me ve y me sonríe, con la sonrisa de niño bueno que ha puesto desde el primer día.

—¿Tú no te habías dormido? —pregunto plantándome frente a él sin saber si tenemos que darnos un beso, dos o ninguno.

—Se ve que no —me dice antes de responder a mi duda de cómo saludarnos con un beso similar al primero.

Cuando abro los ojos —porque resulta que acabo de descubrir que cierro los ojos cuando me besan— tengo la sensación de que Mario me mira con cara de «¡Ay, no, la he cagado besándola!», como si aquel beso hubiese sido un impulso incontrolable y ahora temiera que me lo tomara a mal.

—Si después del segundo beso vuelves a desaparecer dos semanas, te mato —le suelto bromeando para que se quede tranquilo.

¡Aunque si vuelve a desaparecer dos semanas después de otro beso, lo mato de verdad!

—Tranquila, no lo haré.

—¿Después del tercero tampoco? —pregunto para ver si cae otro beso.

¡Madre mía! ¡Soy como Emma!

¡Pero me da igual!

—Tampoco —responde captando el mensaje y acercándose para besarme otra vez.

Yo cierro los ojos y…

¡Me quedo con las ganas porque mi móvil empieza a sonar y Mario se detiene!

¡Por favor, Andy! ¡Estate quieto con el teléfono!

Respondo únicamente para que no insista y vuelva a interrumpirnos:

—Estoy con Mario. Hablamos luego, ¿vale?

Ni siquiera espero a la respuesta de Andrés para colgar, pero antes de hacerlo escucho que se disculpa y me desea que me vaya bien repitiendo el «¡Suerte!» del whatsapp de esta mañana y recordándome que en un principio pensaba explicarle a Mario esa parte de mi historia que todavía no conoce.

—¿Vamos a desayunar? —me dice ofreciéndome la mano para que se la dé cuando guarde el móvil.

—Sí, vamos —digo cogiéndole la mano—. Quiero explicarte una cosa.

Solo pronunciar esa frase noto que se me acelera el pulso.

Venga, Violeta, échale un par que para eso los tienes.

15

Mario me ha traído bombones de chocolate belga de Bruselas.

—Son para ti —me ha dicho sacándolos de repente sin venir a qué en medio de una conversación sobre «Los tontolitos» Emma y Nacho y mirando alrededor, muerto de la vergüenza, por si alguien del bar había visto lo que acababa de hacer.

¡Qué mono! ☺

—Gracias —digo dándole un beso cariñoso que pretendía ser en los labios, pero la timidez ha desviado a la mejilla.

—Espero que te gusten.

—Seguro.

Aunque fueran los peores bombones de la historia me gustarían. Y no es el caso. Porque, ¡MADRE MÍA!, el que he escogido al azar de chocolate negro está buenísimo.

—¿Te gusta? —pregunta Mario ansioso por un veredicto—. No tenía claro si te gustaría o preferirías otra cosa de Bruselas. Estuve a punto de preguntártelo por WhatsApp, pero si lo hacía, no sería una sorpresa, y quería que fuera una sorpresa, así que se lo pregunté a mi madre y ella me dijo que…

—No me gusta —suelto cortándolo y dejándolo bien chafado—. Me encanta —aclaro devolviéndole el «No me gustas (pausa dramática). Me encantas» que me dio como respuesta cuando le pregunté si yo le gustaba.

Mario me sonríe. No tengo ni idea de si lo hace porque ha pillado mi «venganza» en la respuesta o simplemente porque se ha quitado un peso de encima al ver que ha acertado con el regalo. Ahora que por fin se ha relajado un poco me da hasta pena volver a ponerlo nervioso preguntándole sobre algo que me ha dicho antes de que le cortara:

—¿Le has hablado a tu madre de mí?

—¿Eh? Bueno..., sí.

Está guapísimo cuando se turba y empieza a subirle el rubor a las mejillas.

—Me preguntó con quién me pasaba el día chateando y hablando por teléfono —se justifica Mario nervioso.

—¿Y qué le has explicado de mí?

Puestos a «vengarme», reconozco que disfruto repitiendo, con los papeles cambiados, una de nuestras primeras conversaciones por WhatsApp. Cuando él me preguntó qué les había explicado a mis amigas de él.

—¿Bien o mal? —digo repitiendo exactamente, o al menos eso recuerdo, la pregunta que me hizo.

Yo respondí «¿Tú qué crees?» con picardía. Mario es más directo que yo contestando a la pregunta:

—Solo cosas muy buenas.

—Por ejemplo...

—Que te he besado y que me encantó —responde con ojitos de enamorado reflejo de los míos.

Esta vez sí que le doy el beso en los labios.

¡Guau! ¡Estoy bien jodida!

Bueno, jodida es poco. Estoy pillada como una tonta de un chico que no se imagina absolutamente nada de mi pasado.

¡No puedo explicárselo!

Sé que debo hacerlo, que ya debería haberlo hecho y que cuanto más tarde, peor será. Pero el miedo a perder esa mirada dulce y tierna que me hace vivir en las nubes me ordena romper la promesa que me hice de contárselo esta mañana.

—¿Estás bien, Violeta?

Estoy asustada.

—Estoy genial —respondo cogiéndole la mano que ha puesto sobre la mía cuando ha visto que tenía la cabeza en otro sitio y se ha preocupado por mí.

—¿Quieres saber qué otras cosas buenas le he contado a mi madre de ti?

—Por favor —pido, a pesar de saber que escuchar cómo me dice cosas bonitas mientras nos damos la mano no será lo mejor para ahuyentar el miedo a perder todo esto en cuanto le cuente mi «secreto».

—Pues le he dicho que eres divertida, guapa, con un punto de mala leche…

—¿Le has dicho a tu madre que tengo mala leche?

—Sí —dice sonriendo como diciendo «Es lo que hay»—. También le he dicho que bailas muy bien y que me enseñarás a hacer el *flare*. ¿Sabes qué es lo único que no le ha gustado oír?

Si lo supieras todo sobre mí, me lo podría imaginar.

—Que hubiese preferido pasar las Navidades aquí para poder verte.

¡TENGO QUE CONTÁRSELO YA!

Sin embargo, soy incapaz. Solo de intentar pronunciar «Necesito explicarte una cosa, Mario», las palabras se me hacen una bola en la garganta y empiezan a sudarme las manos como siempre que me pongo nerviosa. Una me la seco en la pernera de los tejanos. La otra no puedo porque está cogida a la de Mario, que recorre la palma con un dedo para comprobar que está húmeda.

—Te sudan las manos —dice en un tono de «¿todo bien?».

—Necesito explicarte una cosa.

Las palabras encalladas finalmente salen atropelladamente de mi boca. Al instante, noto que se me acelera el pulso y que le estoy dejando la mano empapada.

—¿Qué pasa, Violeta? —pregunta Mario preocupado.

Se lo veo en la cara. Pero no es nada en comparación con el miedo que siento yo.

Venga, va, Violeta. ¡Que le den por saco al miedo!

Al fin y al cabo, es lo que llevo haciendo toda la vida. Si no hubiese enviado al miedo a la mierda cada vez que me ha susurrado todo lo que puede salir mal, ni siquiera sería Violeta. He crecido como una chica feliz porque desde los cinco años he seguido a rajatabla este lema:

¡Que le den por saco al miedo!

—Mario...

De repente, el estómago se me encoge todavía más y tengo esa sensación que se siente en la montaña rusa justo el segundo anterior a empezar la caída.

¡NO PUEDO!

Hay que ser muy inocente, tonta de verdad, para pensar que después de soltarle la bomba seguirá ahí mirándome como me mira, sujetándome la mano con la ternura con que lo hace o queriéndome volver a besar. «Como mínimo va a flipar.» Es lo que pronosticó Andrés, y estoy convencida de que va a ser mucho más que eso. Y estoy asustada. Porque...

¡NO QUIERO!

No quiero perder nada de eso.

—¿Es Andrés? —suelta Mario viendo que no digo nada.

—¿Es Andrés el qué? —pregunto sin entender qué pinta Andy aquí.

—Eso que tienes que contarme. Tú y él tenéis algo. Es eso, ¿no?

—Claro que no —respondo dando por hecho que ese «algo» se refiere a novios, amigos con derecho a roce o algo más que amistad.

—Entonces ¿qué es?

—Es igual. Es una chorrada —digo sacando hierro al asunto y deseando que no insista.

—No parece una chorrada. Te sudan las manos, Violeta. Va, dímelo —insiste con ternura.

—No puedo. Saldrías corriendo —respondo sonriendo como si estuviera soltando una broma y no fuera lo que pienso en realidad.

—Pruébalo —dice retándome mientras acerca su silla junto a la mía para estar mucho más cerca—. Verás como no.

—Ya te digo yo que sí.

—¿Qué pasa? ¿Eres una psicópata que piensa cortarme a cachitos? —bromea.

—Qué va. Soy algo mucho más peligroso —susurro al oído bromeando.

—¿El qué? —me pide clavándome la mirada a escasos centímetros el uno del otro.

Tan cerca, que a mí me cuesta enfocar la mía y tengo que echar la cabeza hacia atrás para mirar su boca ese par de segundos que tardo en lanzarme lentamente a por ella mientras respondo su pregunta.

—Soy una chica...

Trans.

—... enamorada.

Lo beso. Este es mi primer beso. De un plumazo, los anteriores quedan relegados a meros picos cariñosos. Si la vida fuera una película, este sería el que pararía el mundo a nuestro alrededor al mismo tiempo que empezaría a sonar la banda sonora más ñoña y romántica del mundo.

Ojalá lo fuera y pudiera poner la pausa para siempre en esta escena.

—¿Has visto como no he salido corriendo?

Mario es el primero de los dos en hablar. Yo sigo en el limbo hasta que de repente se levanta de la silla de golpe.

—¡Hostia puta!

—¿Qué pasa? ¿Te lo has pensado mejor? —digo tomándome su arrebato a broma mientras le cojo del brazo para que no se escape.

—Que no, Violeta. Llegamos supertarde —dice enseñándome la hora en la pantalla de su móvil—. Como le lleve otra notificación mi padre me mata —añade un poco agobiado.

—Ve tirando si quieres —propongo.

—Sí, claro, para que puedas decir que he salido corriendo, ¿no? —dice dándome la mano y dirigiéndonos juntos a pagar los dos zumos de naranja y el dónut cuyo azúcar daba un sabor dulzón a sus labios—. Ni hablar. Llegamos tarde juntos.

—¿Y si pasamos de clase? —suelto ya en la calle caminando hacia el instituto a paso acelerado.

Mario se ríe y se gira para mirarme. Entonces se da cuenta de que estoy hablando en serio y deja de hacerlo. Incluso aprieta el paso para llegar antes frente a la puerta del instituto mientras me suplica que no le tiente.

¡Qué mono!

—Está cerrada —me informa cuando trato de empujar la puerta sin poder abrirla—. Hay que llamar para que nos abran y nos den el maldito papelito rosa que tendrás que traer mañana firmado por tus padres —añade dejando el dedo clavado en el timbre hasta que se escucha el zumbido de que alguien desde dentro está abriendo la puerta. Mario intenta empujarla, pero le detengo y tiro de él alejándolo del instituto.

Me ha pedido que no le tiente. No ha dicho nada de que no le secuestre.

—Solo nos saltamos la primera clase, eh —me dice dejándose arrastrar sin oponer resistencia.

—La bronca por llegar tarde te la llevas igual, ¿no? ¿Qué más te da entonces una que dos? —respondo sin aceptar su propuesta.

Tal vez no pueda apretar la pausa para detener mi relación con Mario en este punto para siempre, pero sí puedo alargar esta escena sin destapar secretos que la estropeen.

Ni que sea una mañana.

16

—Dame ese justificante, que te lo firmo.

Obedezco a mamá y abro la mochila del instituto para entregarle la notificación que informa a mis padres de que me he saltado las tres primeras clases de la mañana.

—¿Rosa? —pregunta sorprendida al ver el color del papel que le entrego.

—Sí, no sé..., es rosa.

Y si se fija bien, verá que también le falta un pedazo. Una esquina que he cortado yo haciendo una doblez. Un recuerdo que he guardado dentro de la caja de bombones que me ha regalado Mario después de dibujar con rotulador una carita sonriente y apuntar la fecha de la mejor mañana de mi vida.

¡Ay, madre, qué hostia tengo!

—¿Y siempre es rosa? ¿O este solo se lo dan a las parejitas de enamorados? —suelta mamá esbozando la primera sonrisa desde que he llegado a casa y le he explicado que a Mario y a mí se nos ha pasado la hora desayunando y hemos llegado «tarde».

—Qué graciosa eres —suelto en un tono que deja muy claro que no me ha hecho gracia su broma—. ¿Me lo firmas, por favor?

Entonces mamá vuelve a ponerse seria.

—La última vez. ¿Sí, Violeta?

—Te lo prometo. No me salto ninguna clase más.

—Ni llegas tarde —añade mamá a mi promesa mientras saca un bolígrafo de su bolso con el que firma la notificación.

—Ni llego tarde —repito al ver que no suelta la justificación firmada hasta que lo hago.

Solo entonces me la da.

—Gracias —suelto dándole un beso por ser tan comprensiva como siempre.

—Va, guárdala en la mochila para que no te la olvides mañana y ven a la cocina a merendar.

Lo que traducido vendría a ser: «Déjate de besos y háblame de Mario mientras comemos algo».

La conozco como si me hubiera parido. 😜

Mamá y yo tenemos una conexión especial. Siempre la hemos tenido. Desde bien chiquita a ella ha sido a quien le he explicado todo antes que a nadie. Sin embargo, reconozco que hasta ahora lo que le he explicado de Mario ha sido con cuentagotas porque me pongo roja solo de pensar en tener que explicarle mi primer beso con un chico.

—Mejor cojo unas galletas y me voy a mi habitación a hacer los deberes —digo intentando huir de ella de la forma más rastrera.

—Cómetelas en la cocina, que luego hay migas en la cama.

Traducido: «No te escaparás tan fácilmente».

—Bueno, pues ya iré luego. Ahora tampoco tengo hambre —respondo caminando hacia la habitación sin intención de detenerme hasta estar encerrada dentro.

—Violeta.

Ese «Violeta» que escucho casi cruzando el umbral no

es autoritario, ni es un aviso de mamá para que le haga caso si no quiero cargármela. Es mucho peor.

¡Cuánto sabe!

Es una petición dulce que soy incapaz de ignorar, una súplica para que me detenga y la mire preguntando qué quiere:

—Dime.

—¿Seguro que no quieres merendar?

Si le digo que no, sé que no insistirá más. Nunca se pone pesada. Pero también sé que no le gustará.

—Vale, merendemos. —Mamá sonríe cuando le digo que sí—. Pero no me hagas preguntas. Te explico lo que yo quiera, ¿vale? —digo imponiendo mis condiciones.

—Sin preguntas. Explicas lo que tú quieras —repite con la mano en alto al ver que no pienso dar ni un paso hacia la cocina si no lo hace.

***

Cuando rebaño lo poco que queda del arroz con leche que me he zampado, se lo he contado ¡TODO!

Hasta esta merienda-charla-monólogo, mamá sabía que había un chico, que se llamaba Mario, que me gustaba un poco, aunque dijera que no y que me había pasado las Navidades enganchada al móvil chateando o hablando con él. Ahora, después de ese arroz con leche sospechoso de estar hecho con suero de la verdad, sabe que estoy pillada como una tonta, que me han dado mi primer beso y, por qué no decirlo, que tarde o temprano volveré llorando a casa con el corazón roto.

¡Ahí es nada!

—Déjalo, Violeta, ya los pondré yo —dice cuando intento llevar al lavavajillas el vaso y la cucharilla que he utilizado—. Y gracias, cielo —añade dándome un beso en la cabeza cuando se levanta de la silla para recoger la mesa.

—¿Por intentar recoger la mesa? —pregunto sabiendo que no es por eso.

—Exacto —responde con esa sonrisa tan bonita que tiene mamá—. ¿Quieres algo más para merendar?

Entonces, sin ponerme en pie, pillándola por sorpresa, me abrazo de golpe a su cintura, como cuando era pequeña y llegaba justo a esa altura, y apoyaba como ahora la cabeza en su barriga con los ojos cerrados. Desde ahí oigo el tintineo del tenedor dentro del vaso y de la cucharílla en la taza de té que mamá vuelve a dejar en la mesa para poder abrazarme ella también.

—Querría no tener que contárselo —confieso tranquila.

—Bueno…, si sales con él… —mamá hace una pausa para respirar profundo y noto cómo se le hincha la barriga mientras me acaricia la nuca—, en algún momento tendrás que hacerlo, Violeta.

—Ya lo sé —respondo resignada—. Pero no quiero. Estoy muy bien así.

—Pues sigue sin contárselo un tiempo si lo necesitas. Tampoco tienes por qué hacerlo ya.

—¿No se supone que una madre tiene que animarnos a ser sinceros? —suelto intentando bromear cuando, casi al mismo tiempo, escucho que me llega un mensaje al móvil.

—Te escriben —me informa mamá.

—Es igual —digo sin querer soltarme.

—Es Mario.

Abro los ojos al escuchar su nombre. Ni siquiera me importa que mamá haya mirado la pantalla de mi teléfono para ver quién me escribía.

—Voy a recoger los platos —dice soltándome para que pueda leer el mensaje y contestar tranquila.

Mario:
Hola.

Veo que Mario está escribiendo y me apresuro a preguntarle cómo le ha ido a él cuando su padre se ha enterado de que nos hemos saltado las primeras clases de la mañana. Tecleo a toda velocidad para poder enviarlo antes de que aparezca el suyo.

Violeta:
¿Ha sido muy fuerte la bronca que te han metido por mi culpa? 😇

Mario:
Se nos han acabado los desayunos antes de clase. ☹

Violeta:
¿Por qué?

Mario:
A partir de ahora mi padre me dejará todas las mañanas en la puerta del instituto para que no llegue tarde y asegurarse de que entro.

Violeta:
¿Hasta cuándo?

Mario:
Todo el curso.

¡¿Por saltarte tres clases un día?!

Estoy tecleando dando rienda suelta a mi indignación cuando otro mensaje de Mario detiene mis dedos.

Mario:
También me quita el móvil tres semanas, los videojuegos e internet. Ha dejado que te escriba ahora porque se lo he pedido, pero tengo que dárselo ya. ☹

Mario:
Nos vemos mañana en clase. 😗

Borro el mensaje a medio escribir y le devuelvo el beso, pero permanece como no leído. Me espero a que el doble *check* se vuelva azul para saber que lo ha visto. Pero no lo hace. Sigo un buen rato con la mirada en ese beso, pero su estado no cambia. De repente, la idea de que permanecerá así TRES SEMANAS hace que se me inunden los ojos de lágrimas.

Todo es culpa mía.

—¿Estás bien, Violeta?

Intento responder que sí a mamá sin conseguirlo. Oigo que se acerca y me levanto para correr hacia ella y abrazarla sin decir nada mientras rompo a llorar.

—Tranquila, cielo, todo irá bien.

17

Miro la hora en el móvil con disimulo para que el profesor no me vea hacerlo. Está prohibido utilizar el teléfono dentro del instituto, y sobre todo durante las clases, pero NECESITO saber cuánto tiempo falta para que termine la última del día.

Tres minutos y sonará el timbre.

Una espera breve, que me parece una eternidad para poder volver a hablar con Mario, a quien han vuelto a separar un día más de mi lado porque no parábamos de charlar furtivamente.

¡¿Qué quieren que hagamos si mientras esté castigado solo podemos vernos en el instituto?!

Me giro para sonreírle y él me devuelve la sonrisa desde ese lugar al final de la clase donde le han mandado con su pupitre.

Dos minutos.

El minuto que se ha sumado a la hora del reloj de mi móvil cuando dejo de mirar a Mario y vuelvo a mirar a la pantalla para consultarlo es uno menos de espera. Luego tendremos entre cinco y diez minutos, en función de cómo esté el tráfico —cruzo los dedos para que haya el atasco del siglo—, hasta que aparezca su padre con el coche a buscarlo dos calles más allá del instituto.

Cambia ya, cambia ya, cambia ya, cambia...

¡Un minuto!

En el aula se empieza a oír el murmullo previo al timbre cuando algunos alumnos ya están recogiendo sus cosas sin hacer caso de las advertencias del profesor que les recuerda que hasta que no suene el timbre no se ha acabado la clase. Yo soy más previsora y hace rato que estoy preparada para salir corriendo en cuanto suene, como si no hubiera un mañana. Mario, igual que los otros días, esperará hasta el pistoletazo de salida para meter todas sus cosas en la mochila, como si intentara batir un récord.

¡Ahí está!

Suena el timbre y me vuelvo para ver cómo Mario arrastra su pupitre de vuelta a mi lado. Las patas arañan el suelo y me provocan un pequeño escalofrío.

—Yo ya estoy —digo poniéndome el abrigo, que era lo único que me faltaba.

—Yo también —responde sin ponerse el anorak, cogiéndolo con una mano mientras con la otra me agarra de la mía y me estira con dulzura para que nos vayamos.

Salimos al pasillo y nos dirigimos corriendo hasta la escalera principal donde Mario me suelta la mano porque así es más fácil adelantar a los otros alumnos que también tienen prisa por abandonar el instituto. Mario esquiva a esos chicos y chicas con agilidad y me abre paso para que pueda ir justo detrás de él. Cada vez que llega al rellano de un piso, se gira para comprobar que sigo ahí y continúa el descenso hasta la salida. Una vez fuera del instituto, y del tráfico de compañeros, Mario me vuelve a coger de la mano y tira de mí para que continúe corriendo dos calles paralelas más allá, por donde pasará su padre a recogerlo.

¡Hay que aprovechar el poco tiempo hasta que llegue!

Por eso, le beso nada más detenernos. Mario me lo devuelve encantado, pero al sentir que se alarga noto que empieza a impacientarse.

—Tranquilo, tu padre siempre llega un poco más tarde —digo apartándome un instante de su boca para recordarle que en la semana que hace que lo lleva y lo recoge del instituto nunca ha aparecido tan temprano—. No nos verá besándonos —añado antes de continuar.

—Me muero de ganas de que se acabe el castigo y podamos vernos otra vez fuera del instituto —suelta con una sonrisa cuando le libero porque no quiero arriesgarme a que lo pase mal si su padre nos pilla.

—Y yo. Muchas.

Aunque una parte de mí tema un montón que llegue ese día porque se acabará la excusa de la falta de tiempo a la que ahora me agarro para aplazar una confesión que no querría tener que hacer NUNCA. Finalmente tendré que hacerlo y entonces... Bueno, mejor no pensar en lo que pasará cuando se lo explique. Porque, siendo realistas, dudo que el día que sepa mi «secreto» me responda con un «Vale, ningún problema, Violeta» y a continuación me dé un beso romántico como el que yo vuelvo a darle en un arrebato de «si lo pierdo, al menos este me lo llevo».

Y este también.

Y...

Un claxon nos interrumpe.

¡¿Ya?! ¡No puede ser! ¿Dónde está un buen atasco cuando se lo necesita?

Mario se me escurre de las manos y se aparta disimulando como un niño al que han pillado en plena trastada.

—Tengo que irme —dice contrariado.

—Mañana nos vemos —respondo aguantándome las ganas de besarlo, de raptarlo, de huir corriendo con él y que su padre me atrape si puede.

Incluso le doy un ligero empujoncito para que emprenda el camino hasta el coche de su padre que, parado con los intermitentes puestos en medio del carril bus, vuelve a apretar el claxon para que su hijo se dé prisa.

—¡Que sí! ¡Que ya voy! —grita Mario alejándose de mí al trote.

Dos besos al menos, ¿no?

Entonces Mario se frena como si hubiera leído mi pensamiento y vuelve hacia mí ganándose un nuevo toque de claxon de su padre al que le hace gestos para que se espere un segundo. Yo doy dos pasitos para acortar la distancia y recibir antes mis dos besos. Pero me quedo con las ganas.

—Hoy no vas a *hip-hop*, ¿verdad? Vas a tu casa, ¿no? —pregunta hablando más rápido de lo normal.

—Sí —respondo.

—Pues te llevamos —suelta agarrándome la mano y tirando por sorpresa de mí sin darme más opción que seguirle hasta el coche, donde informa a su padre a través de la ventanilla abierta del copiloto—. La llevamos a su casa, ¿vale?

—¿Nos va de camino? —responde este dejando claro que desviarse no estaba en sus planes—. ¿Dónde vives? —me pregunta directamente con un tono brusco que da pistas de la ilusión que le hace acercarme a donde sea—. Va, es igual, subid —dice aceptando antes de que pueda contestar que no hace falta.

De hecho, cuando Mario me abre la puerta para que entre en la parte de atrás del coche, le mataría por hacerme pasar por este mal trago.

Con lo a gusto que estaría volviendo en metro como siempre.

Por lo menos, se sienta atrás conmigo y no en el asiento del copiloto como ha hecho los demás días, cuando no ha tenido el impulso de arrastrarme al coche con él.

—¿Dónde te dejo? —me pregunta su padre apagando los intermitentes y poniéndose en marcha antes de que le dé mi dirección—. Vale, te puedo dejar cerca —responde cuando se la doy, pero le aclaro que no espero que me lleve hasta la puerta de casa.

—Es Violeta —suelta Mario de repente haciendo las presentaciones y rompiendo el inicio de un silencio incómodo que para mí era mucho más agradable que notar la mirada de su padre clavándose en mí a través del espejo retrovisor.

—Así que tú eres con quien ahora Mario hace pellas y llega tarde a clase —me dice aprovechando que está parado en un semáforo para mirarme a la cara con una sonrisa—. La nueva Nacho —añade haciendo la gracia de bautizarme como si fuera la versión 2.0 del que hasta mi llegada era siempre el culpable de que su hijo llegara tarde o se hubiera saltado una vez dos clases.

Mario ríe esa broma desafortunada de su padre. Si supiese la puñalada que supone que alguien se dirija a mí utilizando el nombre de Nacho…

Culpa mía por no haberle contado nada aún.

Su padre también se salva porque el hecho de que yo ahora mismo piense que es un gilipollas es solo fruto de la casualidad de que el mejor amigo de Mario se llame igual que yo hasta los cinco años. No lo ha dicho con maldad. Solo intentaba ser simpático con la amiga que su hijo le ha subido al coche. Sin embargo, no puedo evitar responder borde:

—Me gusta más Violeta.

El padre de Mario vuelve la mirada al frente sin decir nada y espera a que el semáforo en el que estamos parados se ponga verde para arrancar. El silencio incómodo vuelve dentro del coche hasta que el padre de Mario le pregunta por el partido de baloncesto que tiene este sábado, como si estuvieran solos. Yo aprovecho para mirar por la ventana y empezar a emparanoiarme con una idea que sé que es imposible:

¿Y si el padre de Mario lo supiera?

Inmediatamente, mis manos, esas chivatas traidoras que me delatan cuando estoy nerviosa o incómoda, empiezan a sudar solo con pensar en esa posibilidad.

¡No lo sabe, Violeta!

Me lo repito convencida. Estoy segura al cien por cien porque, siendo sincera conmigo misma, un padre no iba a estar tan tranquilo sabiendo que su hijo está morreándose con una chica como yo. Se lo diría seguro. Si su padre lo supiera, Mario lo sabría al segundo.

¡Se lo tengo que contar ya!

No puedo esperar a que alguien lo sepa y se lo diga. Su padre podría enterarse de mil formas que de golpe me vienen en tromba a la cabeza: a través de algún profesor del instituto que se lo diga viendo el buen rollo que tengo con Mario, porque por los motivos que sea conozca a alguien que conoce a mis padres, o a los de Andrés, o a los de Emma, o a los de Regina o porque un día conoce a una mujer, se enrolla con ella y resulta que es mi doctora del CAP o... simplemente tenga relación con cualquiera de los centenares de personas que han vivido de cerca, de lejos o simplemente han sido testigos de mi tránsito.

—¿Te va bien si te dejo aquí, Violeta?

—Sí —respondo sin mirar dónde quiere que me baje, pero deseándolo hacer.

—Espera —dice Mario cogiéndome de la mano para que no baje por mi puerta, por donde vienen coches—. Baja por aquí que yo me paso delante —añade sacándose el cinturón y abriendo la suya.

Mario baja del coche sin soltarme y yo le sigo afuera agradeciéndole a su padre que me haya traído.

—¿Estás bien? —me pregunta en voz baja Mario después de cerrar la puerta por la que hemos salido—. Te vuelven a sudar las manos.

¡Malditas chivatas!

—Sí. Pero prométeme una cosa —digo también en voz baja para que no nos oiga su padre—. Cuando pase el castigo y podamos quedar juntos... Oblígame a que te explique aquello que te dije que era una chorrada y que no te acabé explicando el día que hicimos pellas.

—¿No me lo puedes explicar mañana en clase?

—No —respondo—. Pero cuando llegue el día que te he dicho, no dejes que me raje.

Mario intenta decir alguna cosa, pero le doy un pico rápido después de comprobar que su padre no mira, para que no insista en que se lo explique ahora.

Cruzo los dedos para que nadie lo haga antes que yo.

18

Emma:
Vigila lo que haces con mi chico, eh.

Emma:
Te estoy vigilando, zorra. 😜

Violeta:
😄😄😄😄😄

Violeta:
Ya veo que te lo ha contado.

Emma:
Nos lo contamos todo. Si quedas con él, me entero.

Emma:
Buscona. 😜

Violeta:
No soy yo la buscona.

Entonces le reenvío el mensaje que he recibido esta mañana para que le quede claro quién ha buscado a quién:

Nacho:
Ey, hola, soy Nacho. Emma me ha pasado tu teléfono porque quiero que me ayudes con una cosa. Te cuento: este sábado quiero darle una sorpresa a Mario para celebrar que por fin se han acabado sus tres semanas de encierro. Y he pensado que podrías o querrías ayudarme. ¿Quedamos diez minutos antes de clase y te explico?

Violeta:
¿Lo ves? Es cosa suya quedar conmigo.

Emma:
¡Es igual! Tú has dicho que sí.

Violeta:
Tranquila. Si se lanza encima de mí, le aparto de una hostia. 😜

Emma:
¡Idiota! 🖕

Violeta:
¡Guapa! 😄

—¡Pregúntale si me echa de menos! —dice Nacho asustándome, acercándose de golpe por detrás en una de esas bromas de graciosillo sin gracia de las suyas—. ¡Ey! ¿Que no se lo preguntas? —añade viendo que guardo el móvil que a punto ha estado de caérseme de las manos del susto.

—Pregúntaselo tú con tu móvil —suelto controlando bastante, bueno, solo un poco, las ganas de matarlo.

—Qué bien te caigo, eh —afirma con una sonrisa, consciente de que se la borraría de una hostia.

—Va, explícame qué tienes pensado para Mario —digo yendo al grano y haciendo que se siente frente a mí en la mesa de la cafetería donde hemos quedado.

—Quiero darle una sorpresa estilo... ¿Tú has visto en las pelis cuando uno sale de la cárcel y los colegas le hacen una fiesta de vuelta a la libertad? —me pregunta—. ¡Pues eso! Le montamos una fiestecilla sin que se lo espere. Inventamos una excusa para que vaya a algún lugar, como mi casa, por ejemplo, él no tiene ni idea, entra y... ¡Sorpresa! Estamos todos ahí. Nosotros, gente del instituto, compañeros de su equipo de baloncesto... Los que se nos ocurran. ¿Qué te parece?

Que quizá como amigo no eres tan gilipollas como pareces.

—Me gusta —contesto.

—Lo sabía —dice chulo—. Tú y yo tenemos muchas más cosas en común de las que parece —añade guiñándome un ojo.

—Tampoco te pases. Por suerte nos parecemos poco —bromeo—. Sobre la fiesta solo tengo una pregunta.

—Escupe.

—¿El rollo peli que me has explicado es para que entendiera la idea o porque has pensado en una fiesta tematizada de la mafia, por ejemplo?

—Me mola lo de disfrazarse. Podríamos ir todos de gánsteres y a Mario lo vestimos en la fiesta.

—Lo chulo sería hacerla en un sótano clandestino —digo imaginándome la ambientación perfecta—. Aunque podríamos decorar…

—¡Un momento! —suelta Nacho mientras me hace un gesto para que calle como si acabara de tener una idea que fuera a borrársele de la cabeza si sigo hablando—. Se me acaba de ocurrir una sorpresa cojonuda que podríamos darle a Mario —añade dándole intriga.

—¿Cuál? —digo interesada.

—¿Sabes qué sería la polla?

—Dime.

—Que tú le enseñaras la tuya, tocayo.

19

¡¡¡HIJO DE PUTA!!!

Intento gritarle a Nacho lo que es, pero no puedo porque ese «Que tú le enseñaras la tuya, tocayo», soltado como si nada después de preguntarme «¿Sabes qué sería la polla?», ha sido como un puñetazo en el estómago que me ha dejado sin respiración, sin respuesta y sin palabras.

—Ey, no llores —me dice sonriendo mientras me mira a los ojos, que tengo llenos de lágrimas de rabia—. Los chicos no lloran, Nacho.

¡¡¡HIJO DE PUTA!!!

—Mario va a flipar cuando le diga que su chica tiene rabo —dice sin dejar de sonreír y disfrutando de la situación.

—¡¡¡HIJO DE PUTA!!! —grito finalmente al oír el nombre de Mario.

Él se ríe. Yo le suelto una hostia con todas mis fuerzas pero queda en intento porque me atrapa la mano en el aire.

—Vigila con darme otra hostia como el día del tren —me susurra amenazante mientras me retuerce un poco la muñeca—. Yo nunca se la devolvería a una chica, pero a ti sí.

—¡Soy una chica, imbécil! —replico tirando de la mano y soltándome.

—A ver qué dice Mario de eso.

—¡No se lo digas! —ordeno—. Deja que se lo explique yo —pido al instante viendo que precisamente eso es lo que quiere hacer—. Por favor.

—Es mi amigo. Tengo que decírselo —me suelta en la cara como si no tuviera más remedio.

¡Y una mierda lo haces por eso!

—De hecho… —La sonrisita que pone me da mala espina—. Esta mañana… —*¡¡¡DILO YA!!!*—. Le he escrito un whatsapp avisándolo. Es una suerte que ya vuelva a tener móvil. ¿No crees?

¡No puedes ser tan cabrón!

—¿Se lo has dicho? —Nacho me mira sin responder—. ¡¿Se lo has dicho o no?!

Entonces Nacho saca el móvil de uno de los bolsillos delanteros de sus pantalones. El muy cabrón lo hace todo lo más lento que puede para hacerme sufrir el máximo tiempo posible y me regala otra sonrisa asquerosa mientras desbloquea la pantalla del teléfono para entrar en el chat de WhatsApp con Mario.

«Me han contado una cosa que no te vas a creer. Violeta es un travelo. No es ninguna broma de las mías. Ojalá lo fuera. *Sorry.*»

Me cuesta acabar de leer ese mensaje que Nacho me enseña poniéndome su móvil frente a los ojos. Tanto, que tardo unos instantes en darme cuenta de que ese capullo aún no lo ha enviado. Está escrito, pero no se lo ha enviado a Mario.

—¿Pongo el emoticono de una banana después de travelo? —pregunta quitando el móvil de mi alcance.

—No se lo envíes —suplico con los ojos llenos de lágrimas.

—¿No quieres que se lo envíe? Pues enséñamela —pide a cambio.

—¡No te pienso enseñar una mierda! —contesto con unas ganas locas de sacudirle.

—Enséñame la polla o envío el mensaje —repite su petición, esta vez con el dedo amenazante sobre el enviar—. Tú eliges, Violeta. Bueno, Nacho.

—Me das asco.

—Y tú a mí mucho más —contesta apuntando con la mirada a mi entrepierna.

—Pero bien que quieres ver qué tengo, ¿no?

—Siento curiosidad por los bichos raros. No te emociones. No te la voy a chupar —responde superando el nivel de asco que hasta ahora había conseguido—. Entonces ¿qué? ¿Envío el mensaje o no? —añade en un tono que me apresura a decidirme ya.

Yo solo sé que no quiero que Mario se entere así.

—Voy al baño de tíos —dice recalcando la palabra «tíos» y levantándose mientras coge sus cosas—. Si no vienes dentro de un minuto, se lo envío a Mario —me susurra al oído antes de salir caminando hacia allá.

Siento arcadas al oír su voz tan cerca. Más aún cuando me imagino lo que voy a hacer. O lo que me pasa por la cabeza. Porque sigo sentada, incapaz de moverme, mientras pasa ese minuto que Nacho me ha dado de plazo. Finalmente me levanto.

Mario no puede enterarse con ese mensaje.

Me dirijo hacia el lavabo cuando recibo un mensaje de Nacho:

Nacho:
Tictac, tictac, tictac...

De repente, lo tengo claro. Está disfrutando y no va a parar porque le enseñe nada.

Haga lo que haga va a enviar ese mensaje.

Violeta:
¡¡¡Vete a la mierda!!!

Después de enviarle ese mensaje con mi decisión a Nacho, entro en el chat de Mario y le escribo tecleando todo lo rápido que puedo:

Violeta:
No leas ningún whatsapp de Nacho hasta que nos veamos. ¡Por favor!

Entonces me levanto y salgo corriendo hacia el instituto. Ya en la calle, el móvil vibra en mi mano y miro a la pantalla esperando leer una respuesta de Mario que me diga «Entendido». No es él.

Nacho:
¡Enviado!

20

Un coche me pita cuando estoy a punto de meterme debajo de sus ruedas al intentar cruzar por en medio de la calle sin mirar. Han estado a punto de atropellarme, pero me da igual. Porque a la que puedo me lanzo como una loca a la otra acera para llegar al instituto y hablar con Mario antes de que esté tentado de leer el mensaje de Nacho que le he suplicado que no lea.

Pero ¡¿qué estoy haciendo?! ¡¿Soy tonta o qué?!

De repente me doy cuenta de que estoy tan acelerada que no pienso con claridad. Mejor dicho, ¡NO PIENSO! Puedo llamar a Mario por teléfono y hablar con él. Ahora ya me da igual explicárselo cara a cara o no. La cuestión es contárselo antes que Nacho. Me dispongo a desbloquear el teléfono cuando la pantalla se ilumina informándome: «Mensaje de Mario».

El pulso se me acelera mientras deslizo el dedo por la pantalla para leerlo. Mi corazón está a punto de pararse de golpe cuando lo leo:

Mario:
Dime que no es verdad.

¿Por qué? ¿Por qué has leído el mensaje de Nacho?

Tengo que sentarme porque las piernas se tambalean y me siento mareada. Lo hago en el escalón de la entrada de un portal desde donde veo la puerta del instituto.

Mario:
Violeta, por favor, dime que no es verdad.

No puedo.

Mario:
¿Es verdad?

«Sí», tecleo. Llevo semanas dándole mil vueltas a la manera perfecta de confesar mi transexualidad a Mario. Un whatsapp reconociendo la veracidad de otro mensaje donde dice que soy, textualmente, «un travelo», dista mucho de serlo. Pero nada ha salido como yo quería. Así que lo envío y me quedo mirando esa respuesta esperando a que Mario la reciba, la lea y...

Lo pierda para siempre.

Fijo la mirada mojada en ese doble *check* gris esperando que se vuelva azul. Mario sigue sin leerlo. Quizá asustado de leer una respuesta que está deseando con todas sus fuerzas que no sea la que le acabo de enviar.

—Hasta luego.

La voz de Mario despidiéndose de su padre al bajar del coche hace que levante la cabeza y lo vea a distancia, desde esos pocos metros que separan el portal en el que estoy sentada y la puerta del instituto donde le han dejado.

¡Tengo que hablar con él!

Empiezo a correr hacia él y veo que mira la pantalla del móvil quedándose blanco al instante. Es un simple sí, pero parece releerlo una vez tras otra porque sigue ahí, inmóvil en medio de la acera, sin apartar la mirada ni un instante.

—Mario…

—Es una broma, ¿verdad? —me pregunta al verme, agarrándose con desesperación a la posibilidad de que Nacho y yo nos hubiéramos puesto de acuerdo para reírnos un rato—. Violeta, por favor —suplica con los ojos encharcándose.

Los míos hace rato que lo están. No puedo ni contestar.

—¡No me jodas! —suelta teniendo muy claro que si no contesto es porque no puedo decirle que todo ha sido una broma de mal gusto—. Eres un tío —afirma agarrándose las sienes y respirando hondo como si le faltara el aire.

Yo intento sobreponerme al daño que me ha hecho escuchar «Eres un tío» de su boca y trato de tranquilizarlo con una caricia que hace que reaccione apartándose de mí para que no pueda ni siquiera rozarlo.

—No vuelvas a tocarme nunca más —suelta mientras me clava una mirada que es una mezcla de rabia y asco.

—Mario —digo llorando—. Deja que te lo explique.

—¡¿El qué?! —grita para luego seguir hablando más bajo—: ¿Que me he estado enrollando con un tío pensando que era una chica? —Intento hablar, pero Mario no quiere escucharme—. Me has engañado. ¿Tú te das cuenta? Cuando la gente lo sepa… —Hace una pausa antes de poder continuar—. Se van a reír todos de mí. ¡Muchas gracias! —añade cerrando nuestra charla e intentando avanzar hasta la puerta del instituto.

—Mario… —suplico poniéndome delante de él para que me dé la oportunidad de explicarle cómo ha ido todo para que se haya enterado de esta forma.

—Quita, por favor —dice importándole absolutamente nada lo que pueda decirle y apartándome de un empujón que hace que tropiece y caiga al suelo.

Tirarme no era su intención, lo sé, pero tampoco se detiene o vuelve atrás para ayudarme a levantarme de la acera. Lo hago sola, hecha polvo, mientras veo como Mario entra en el instituto.

¡Síguelo!

Una parte de mí saldría detrás de él, lo agarraría y le obligaría a escucharme sin darle opción de rechistar con un «¡Tú te callas y escuchas!». Sin embargo, soy incapaz de mover el cuerpo para que entre en el edificio.

¡No puedo!

La idea de pasar todo el día sentada a su lado, sintiendo la rabia con la que me ha mirado no deja que dé ni un paso. Tampoco el asco con que se ha apartado de mí para que no le tocara.

¡No puedo!

Solo me faltaba un último whatsapp para rematarme.

Emma:
Ey, tía, Nacho dice que os lo habéis pasado genial esta mañana. ¿Qué habéis hecho, zorra? 😜

«Nacho es un hijo de puta que ha intentado que le enseñara la polla, que me ha humillado, que ha disfrutado jodiéndome, un imbécil asqueroso que se lo ha contado a

Mario por placer.» Me encantaría tener fuerzas para escribir todo eso. Sin embargo, mi respuesta es otra.

Violeta:
¿Se lo has contado tú? ¿Has sido tú?

¡NO PUEDO MÁS!

21

El vuelo de papá a Madrid debe de estar despegando en estos momentos. Sin embargo, sus maletas están en el recibidor de casa y él, en vez de estar sentado en su asiento, lo está en el sofá, conmigo recogida entre sus brazos, después de que mamá le llamara para explicarle que había vuelto destrozada del instituto poco después de las nueve y media de la mañana.

He mentido a papá asegurándole que no era necesario que perdiera el avión para quedarse conmigo, que yo estaba bien. Pero supongo que hacerlo llorando a saco y abrazándome a él como si quisiera fusionarme ha sonado poco creíble. Entonces me ha levantado en brazos y me ha traído al sofá, donde llevamos un buen rato sin decir nada.

Ojalá pudiera quedarme aquí para siempre.

—Gracias, papá —suelto rompiendo el silencio con los ojos cerrados y la cabeza sobre su pecho.

—No me las des. Ya sabes que a tu madre y a mí nos tienes para poner tiritas a todas las heridas —dice dándome un beso dulce en la cabeza mientras noto también la mano de mamá que me acaricia la espalda sentada a nuestro lado.

—Lo sé —balbuceo a punto de volver a romper a llorar.

Demasiado bien lo sé.

Porque desde el día que mamá me enseñó un vídeo de YouTube de un niño trans y le dije que yo era como él, pero al revés, son cientos, MILES QUIZÁ, las tiritas que han tenido que ir poniéndome a lo largo de estos años para que todos los problemas, barreras e imbéciles dispuestos a hacerme daño por el simple hecho de ser diferente no me impidieran crecer como una chica feliz sin traumas ni cicatrices.

—¡Gracias! —repito sin poder contener las lágrimas esta vez.

Hoy les costará.

—Violeta, cielo... —me dice mamá con la voz rota—. Mírame —me pide después de una pequeña pausa.

Me cuesta separarme del abrazo de papá, pero lo hago para mirar a mamá, que se esfuerza en sonreírme mientras se quita una lágrima del pómulo antes de hablar:

—Dale tiempo —me dice—. Si quieres estar con Mario, tienes que darle tiempo para que lo asimile, Violeta.

—No lo hará. Me odia —suelto entre sollozos.

—No te odia —afirma mamá—. Tú deja que pasen los días y verás como podrás volver a hablar con él. Ahora está en *shock*. Y es normal. Porque incluso papá y yo necesitamos un tiempo para aceptar que nuestro niño era una niña. Dáselo a él también a ver qué pasa.

Sé muy bien qué pasará.

—Mario no va a querer estar conmigo nunca —digo segura de ello sin dejar de llorar.

—Pues que le den —suelta papá, que nada más llegar ya ha dejado clara su postura de que no vale la pena sufrir por un chico que no me merece—. Eres una chica demasiado buena para un tonto así.

—Soy un bicho raro —suelto repitiendo la definición más suave que Nacho ha hecho de mí en ese encuentro que he pasado de explicar en casa para que papá no se volviera loco y quisiera reventarlo como yo cada vez que me acuerdo de ese desgraciado.

—¡No eres un bicho raro! —suelta mamá seria para que deje de flagelarme y haciendo que la mire de nuevo a la cara—. Eres maravillosa, fuerte, divertida...

—Pero tengo polla —suelto indignada porque intentan convencerme de que soy una chica con la que cualquier chico querría salir—. Tengo polla —repito deseando con todas mis fuerzas no tenerla—. Ningún chico va a querer estar conmigo.

—Eso no lo sabes —dice mamá secándome las mejillas llenas de lágrimas—. Si Mario realmente merece la pena, te aceptará tal como eres sin querer cambiar nada.

Yo sí quiero cambiar algo de mí.

—No quiero tener pene. Quiero operarme.

Papá y mamá me conocen y saben que no es un lamento en voz alta, ni una frase fruto de un calentón porque esté cabreada con el mundo, si lo he dicho en voz alta es porque he decidido qué camino quiero tomar.

—Escucha, Violeta —responde papá después de mirarse unos segundos con mamá como si estuvieran consultando telepáticamente qué decirme antes de hacerlo—. Si eso es lo que quieres, sabes que mamá y yo te apoyaremos al cien por cien. Es tu vida y tú eliges. A nosotros siempre nos parecerá bien lo que escojas y haremos todo para ayudarte —continúa—. Pero no lo decidas por un chico. Si lo haces, que sea porque te lo has pensado, has sopesado los pros y los contras y estás convencida de que tú serás más feliz tras este cambio. Que no sea para gustarle a alguien.

—Estaré más feliz si el chico que me gusta no me mira con asco diciendo que soy un tío.

—Una operación no evitará eso, Violeta —replica mamá con un tono en el que se nota que le duele tener que decirme eso—. Si un chico deja de verte como una chica cuando le explicas tu historia, lo hará igual tengas pene o no. Un chico así no te verá como una chica. Te verá como un chico operado —añade con esos ojos enormes que tiene mamá que dan tanta impresión llenos de lágrimas.

—Una decisión así no la puedes tomar solo por un chico. Si te planteas operarte, hazlo porque sea algo con lo que te sentirías más cómoda a la hora de realizar tu vida. Pero no por contentar a nadie o porque pienses que no eres una chica de verdad —dice papá viendo que mamá no puede continuar—. ¿Lo entiendes, hija?

—Supongo que sí. No sé —respondo sin apartar la mirada de mamá, que se seca los ojos y se escurre todo el rímel y la línea de los ojos.

—Tú solo ten clara una cosa —suelta mamá como puede—. Nosotros no te diremos qué hacer. Y la decisión que tomes siempre nos parecerá bien.

Intento decir gracias, pero solo soy capaz de abrazarla lanzándome a sus brazos igual que cuando era pequeña y quería que me consolara porque me habían hecho daño. Ahora mismo eso es lo único que tengo claro que quiero hacer: llorar juntas mientras papá nos rodea a las dos con sus brazos.

22

Tumbada en la cama de mi habitación, con los ojos enrojecidos y vestida con el pijama más infantil que tengo como manda el manual de toda chica adolescente con el corazón roto, compruebo otra vez el WhatsApp y... ¡NADA! Mario continúa sin leer NINGUNO de mis mensajes. Aunque por lo menos tengo el consuelo de ver que le han llegado y no me ha bloqueado como he hecho yo con la chivata de Emma.

En algún momento los leerá. En algún momento...

¡Responderá a mis llamadas! Durante un segundo tengo la idiota sensación de pensar que lo ha hecho cuando salta el buzón de voz pidiéndome que deje un mensaje después de la señal. Esta vez paso de hacerlo. O eso intento. Porque cuando escucho el ¡piiiiiiiiii! no puedo evitar hablar:

—Mario, por favor, si no quieres hablar conmigo, al menos lee mis whatsapps —digo grabando esa petición en su móvil con la esperanza de que lea todo lo que le explico en esos mensajes kilométricos en los que le he resumido toda mi vida para que me entienda.

No los leerá. Los borrará.

Y el mensaje de voz también.

Estoy segura de ello. Por eso me siento una estúpida por no colgar en el momento que he escuchado el buzón de voz.

—¡Que le den! —digo abandonando el móvil sobre el colchón.

Entonces... ¡PLING! Un mensaje.

¡Que sea Mario!

No es él.

Andrés:
¿Cómo estás? ¿Necesitas la visita de tu chico clínex? ☺

Violeta:
Estoy bien. No te preocupes.

Andrés:
¿Quieres que vaya a tu casa? Puedo llevar el ordenador y vemos juntos una peli.

Violeta:
Gracias, Andy. 😕 Pero no me apetece. Prefiero estar sola.

Andrés:
Lástima. ☹

Violeta:
Tranquilo, ya veremos esa peli otro día.

—No, Violeta. Lástima que te apetezca estar sola —suelta Andy entrando de repente en mi habitación con el portátil en las manos—. Porque yo ya estoy aquí y paso de volverme a Mataró sin verte.

—¿Me estabas escribiendo desde el pasillo? —pregunto alucinada de que pueda ser tan friki.

—Esperaba que me contestaras «¡Sí, Andy, te necesito!» para entrar por sorpresa y que me comieras la cara a besos al verme —responde—. Pero, bueno, te animaré de todas formas —añade con un tono de «tienes suerte de que sea un buenazo».

—¿Te han llamado mis padres para que vengas? —pregunto segura de ello.

—Tu madre —confiesa—. Ha insistido un montón. —Entonces se acerca a mí como si fuera a explicarme algo que no quiere que mamá escuche—: Creo que le gusto y tú eres la excusa para verme.

—¡Capullo! —digo riendo por primera vez desde que empezó todo.

¡Es un sol!

—Y, por cierto, estás muy guapa con ese pijama de conejitos.

¡Qué digo! ¡¡¡Es un capullo!!!

—¡Pues peor es el tuyo afelpado de gatitos! —replico mientras me meto debajo del edredón para que no me vea.

—Eso es verdad —reconoce mientras abre el ordenador encima del colchón—. Entonces ¿qué quieres hacer? ¿Vemos una peli o prefieres…?

—No quiero hablar de Mario, ¿vale? —le pido antes de que pronuncie la alternativa a ver una película.

—Entendido —acepta—. Pero ¿me dejas que te diga una cosa de Emma?

—¡No voy a desbloquearla, ni a volver al chat con vosotros si está ella! —contesto encendida con solo escuchar el nombre de esa bocazas traidora.

—No es eso. Pero que sepas que ha dejado a Nacho —dice Andrés como si eso fuera a cambiar algo.

—¡ME IMPORTA UNA MIERDA LO QUE HAGAN ESOS DOS! ¡Nacho es un desgraciado! ¡Y Emma también!

—Violeta…

—¡¡¡¿Violeta, qué?!!! Si ella no se lo hubiese dicho, ese cerdo no me habría jodido la vida.

—Emma no quiso hacerte daño.

—¡Pues menuda inútil! —grito indignada—. Porque ella tiene la culpa de todo. Así que no quiero verla más. Ni hablar con ella. ¡Y me cabrea un montón que la defiendas!

—No la defiendo. Yo solo he dicho que…

—Va, pon la peli —pido cortándolo porque no quiero dedicar ni un minuto más a discutir sobre Emma.

Andrés obedece sin atreverse a decir nada más. Ni siquiera se echa a mi lado como hace siempre cuando empieza la película, y se queda en un rinconcito de la cama con actitud de cachorro desvalido.

¡Qué dramático es cuando quiere!

—¿Te vas a quedar ahí sentado, chico clínex? —pregunto sonriendo para que vea que no tiene nada que temer—. Puedes acercarte. No voy a asfixiarte con la almohada.

—¿Seguro? —pregunta fingiendo desconfianza.

—Si te estás callado, no tienes nada que temer —digo tirando de él para que se tumbe de una vez y veamos la peli juntos.

Andy se acomoda a mi lado mientras hace el gesto de cerrarse la boca con una cremallera. Sin embargo, cuando apenas llevamos un minuto se incorpora de golpe y cierra el ordenador para que no le moleste mientras habla.

—Toma, por si quieres ahogarme —dice poniéndome una almohada en las manos antes de lanzarme la pregunta que le quema por dentro—: ¿De verdad crees que ningún chico querrá salir contigo si no te operas?

Miro a Andrés sopesando si asfixiarlo con la almohada de verdad o responder esa pregunta que demuestra que mamá le ha explicado preocupada lo que solo he hablado con ella y papá. No tengo ganas de hacer ninguna de las dos cosas. Estoy realmente agotada de hablar, de llorar, de lamentarme, de odiar, de ¡TODO!

Solo quiero una pequeña tregua.

—¿Te parece bien si me abrazas y ya está? —le pido a Andrés casi suplicándole.

Andy asiente con la cabeza y se echa a mi lado. Yo apoyo la cabeza en su hombro y dejo que me envuelva con sus brazos. Estamos así en silencio unos segundos hasta que...

—Yo sí saldría contigo, Violeta —escucho que me susurra cerca del oído.

—Gracias, Andy.

Ojalá fueras Mario. ☹

23

Mientras me dirijo a la cocina escucho cómo allí dentro mamá apresura a León a acabarse el desayuno para que ella pueda acompañarlo al colegio sin que lleguen tarde ninguno de los dos. Sin embargo, las prisas de mamá se esfuman en cuanto me ve entrar vestida para volver al instituto después de tres días quedándome en casa. Anoche decidimos que hoy tampoco iría.

¡Sorpresa! 😄

—Voy a ir a clase —suelto informando a mamá de la decisión impulsiva que he tomado esta mañana y que me ha llevado a peinarme, ponerme un vestido del armario y preparar la mochila harta de estar escondida como si tuviera algo de lo que avergonzarme.

—Violeta…

La mirada con la que mamá pronuncia mi nombre es una súplica para que me lo repiense y le diga: «Vale, va, hoy también me quedo en casa como habíamos hablado con papá». Sin embargo, sabe muy bien que no conseguirá que hoy me vuelva a poner el pijama y pase un día más tumbada en la cama o jugando al PlayerUnknown's Battlegrounds, aquel multijugador en línea al que había jugado con Mario y el desgraciado de Nacho, y en el que estos días recorro la isla deseando encontrármelos para acribillar a Nacho e intentar decirle a Mario a través del chat de voz cuánto lo siento antes de que se desconecte o mate a mi avatar. Pero que mamá sea consciente de que una vez decidido no me hará cambiar de opinión no significa que no lo pruebe:

—Cielo, solo es un día más. Papá vuelve esta tarde de Madrid. Mañana es sábado y podremos hablar con tranquilidad los tres sobre qué quieres hacer.

—No quiero cambiar de instituto otra vez —respondo rechazando lo que sé que mamá quiere que haga—. Quiero acabar el año en este.

Quiero seguir viendo a Mario.

—Tengo que acompañar a León, Violeta. Hablémoslo mañana. Es solo un día más. Por favor.

Ese «Por favor» pedigüeño me mata.

—Pero ya estoy vestida —respondo como si ese hecho supusiera un punto de no retorno que impidiera echarme atrás y quedarme en casa—. Y no voy a cambiar de opinión mañana cuando hablemos con papá —añado para que le quede claro que ya lo he decidido y seguiré en mis trece.

—Lo sé. Eres tan cabezona como él —dice mamá resignada—. Bueno, supongo que me tocará sufrir hasta que sepa cómo te ha ido, ¿no? —suelta a continuación poniendo una sonrisa dulce y forzada mientras lucha contra su instinto sobreprotector de agarrarme y atarme a la cama para que no me mueva de ahí en todo el día.

—Todo irá muy bien —respondo repitiendo lo que ella nos dice siempre tropecientas veces cuando nos ve preocupados por algo.

—Llámame cuando salgas.

—Lo haré, tranquila —prometo dándole un beso—. Hasta luego, enano —añado despidiéndome de León, que por cómo arrastra los pies se nota que tiene las mismas ganas que yo de ir a clase.

¡NINGUNAS!

Especialmente me da asco pensar que me puedo cruzar con Nacho. Pero volver al instituto es la única forma de poder pedirle perdón a Mario por no habérselo contado todo antes de que se enterara por el whatsapp de ese cerdo. Antes de que se colgara de mí.

Necesito hablar con él. ¡HOY!

La idea de un solo día más escribiéndole y llamándole sin recibir respuesta me produce más ansiedad que volver a un instituto donde seguramente seré el centro de atención a medida que el rumor y el cuchicheo se vayan extendiendo.

—Llámame, eh, Violeta —insiste mamá antes de abrir la puerta de la calle.

—Que sí. ¿Llamo también a papá para decirle que voy a clase? —pregunto dándole la opción de ahorrarse ella la llamada.

—Déjalo. Ya lo llamo yo desde el coche. Así me desahogo recordándole lo impulsiva y cabezota que es su hija.

—Bueno, no creo que le pille de sorpresa —respondo con una sonrisa pícara.

—Seguro que no —contesta mamá, que tranquilamente podría estar teniendo un *déjà vu* de aquella mañana en la que me planté de sopetón con cinco años y me negué a ir al colegio si no lo hacía vestida de niña.

Faltaban solo dos semanas para acabar el curso y habíamos pactado que sería mejor esperar al inicio del siguiente para realizar ese cambio que ya habíamos empezado en casa. Sin embargo, yo no quise esperar nada. Ese día me levanté incapaz de seguir un día más con la farsa de ir al colegio disfrazada de niño. Hoy lo he hecho con ansiedad. Sabiendo que el fin de semana sería eterno si me esperaba al lunes para volver al instituto y ver a Mario, quien…

Estará deseando que no aparezca nunca más.

—¡Esperad! Bajo con vosotros —grito saliendo de casa detrás de mamá y León para no quedarme a solas con mis pensamientos y acobardarme.

—¿Estás segura de que quieres ir a clase, Violeta? —pregunta mamá.

—No —digo sonriendo como si fuese ese emoticono al que le cae una gotita de sudor avergonzado—. Pero como diría Andy: voy a echarle un par que para eso los tengo —añado bromeando.

—Si te echas atrás, no pasa nada —aclara mamá, que desearía que lo hiciera—. Piensa que no dan premios a la chica más valiente.

—Bueno, por si acaso —digo entrando en el ascensor.

—Si los dieran, ya tendrías un montón, cielo —dice dándome un beso y pulsando el botón para bajar.

Cuando las puertas se cierran me cuesta creer que fuera siquiera candidata a ese premio, porque si soy sincera conmigo misma…

Estoy cagada de miedo.

24

Tan solo he faltado a clase tres días, pero ni siquiera he tenido que bajar del metro para comprobar que Nacho, ¡ese desgraciado!, ha tenido tiempo suficiente para asegurarse de que el rumor de la chica con polla de segundo de ESO se haya extendido como la gripe. Pues dos chicos que tengo vistos del instituto no dejan de cuchichear y reír como unos idiotas mientras se colocan detrás de mí para bajar del vagón y buscan alguna cosa en el móvil.

¡¿Qué os pasa?!

Estoy a punto de girarme y gritárselo a la cara, pero luego me freno consciente de que no me han dicho nada y ni siquiera sé en realidad de qué se ríen. Aunque el rumor les hubiese llegado y supiesen que soy yo esa chica, podrían estar riéndose de otras mil cosas diferentes. De hecho, pensándolo bien, casi seguro que es así.

No todo el mundo es imbécil, ¡PARANOICA!

Y si lo son, si son miembros del Club de los Cuatro Tontos que hay siempre en todos lados, que disfruten mofándose de mí porque me resbala. Tengo la piel curtida de aguantar a todos los socios de este club que fundaron los cuatro niños de cinco años, compañeros de clase, que fueron los primeros en reírse de mí el primer día que entré llevando un vestido de color amarillo: «¡Nacho lleva un vestido como las niñas!».

Hoy también llevo un vestido. Dedicado a todos los Tontos del mundo y, especialmente, a los que me pueda encontrar en el instituto ahora que ya lo deben de saber todos los alumnos. ¡Pues que les quede claro!

¡Nacho Violeta lleva un vestido como las niñas porque ES una niña!

Además, hay que ser buena persona y ponérselo fácil a los pobres porque los Tontos no dan para más y me hacen las mismas burlas que esos cuatro niños fundadores que no eran precisamente unas lumbreras. Sino todo lo contrario. De ahí el nombre del Club.

—¡Bananaaaaa! ¡BANANAAAAAAAAAAAAAA!

De repente, ese grito sale del móvil con el que trasteaban esos dos chicos detrás de mí que precisamente estaban buscando ese corte de la película de dibujos animados de *Los Minions* en la que los protagonistas gritan como locos al ver un racimo de bananas.

—¡Qué bueno! Me encanta esa peli —respondo volviéndome y sonriéndoles amablemente como si fuera estúpida como ellos y no hubiera captado el símil entre la banana y mi pene.

¡TONTOS DE MIERDA!

Ellos no me dicen nada. Supongo que su cabecita unineuronal estará planteándose si he captado la mala leche de su bromita. Supongo que por eso vuelven a ponerme ese grito de ¡Bananaaaaa! cuando bajamos del vagón y pasan por mi lado en el andén. A ver si a la segunda lo pillo. Yo vuelvo a hacer como si no fuera conmigo.

¡Y sé cómo les jode!

Porque eso es lo único bueno de haber soportado a Tontos desde los cinco años, que aprendes que, si no les haces caso, si no te dañan o, al menos, se piensan que no lo hacen, acaban pasando de ti y buscan a otra víctima a la que sí le afecten sus bromas. Aunque hasta que eso pase, también sé que tendré que aguantar unas cuantas intentonas más de hacerme la vida imposible. Y que si no funcionan las primeras, irán subiendo la intensidad y la crueldad.

Pero nada de eso es lo que me preocupa de mi vuelta al instituto, ni lo que hace que me suden las manos y tenga que armarme de valor para girar la calle y caminar hacia la decena de chicos y chicas que ocupan el ancho de la acera mientras esperan que sea la hora de entrar al instituto. Solo me da miedo cómo reaccionará Mario al verme.

Por eso, mientras avanzo hacia la puerta, me importan muy poco las miradas, cuchicheos y las risitas de los chicos y chicas que me miran con más o menos disimulo mientras posiblemente estén diciendo: «¡ES ELLA!». Ser el *trending topic* del instituto en estos momentos con el *hashtag* #Violetatienepene, el cotilleo que conlleva, las burlas, las bromas de mal gusto de los Tontos, los motes hirientes, ¡TODO! puedo soportarlo sin problemas. Puedo ser la Bananaaaaa de segundo de la ESO, pero no seré capaz de aguantar otra mirada mezcla de rabia y asco como la que me lanzó Mario cuando me soltó aquel «¡No me jodas! Eres un tío» que tengo grabado a fuego en la memoria y que sigue haciéndome humedecer los ojos cada vez que lo revivo.

¡Ni se te ocurra desmoronarte ahora, Violeta!

¡NI DESPUÉS TAMPOCO!

Pase lo que pase.

—¡Ey, tocayo, has vuelto!

Aunque lo que pase sea que un desgraciado se interponga en mi camino para saludarme «amablemente» mientras intenta pasarme el brazo por encima de los hombros.

—¡Quita! —suelto sin dejar de caminar y dándole un fuerte empujón para que me deje entrar en el instituto en paz.

—Joder, cómo se nota que eres un tío —oigo que deja ir con malicia después de que haya estado a punto de tirarlo al suelo—. Estás fuerte, eh, Nacho —añade poniéndose a mi altura y entrando en el instituto conmigo.

Acelero el paso para alejarme de él con la esperanza de que me deje subir a mi clase tranquila, pero se engancha a mí todo lo que puede sin llegar a tocarme y me mira fijamente en silencio consciente de lo que me llega a incomodar. ¡Una barbaridad!

Pasa de él. ¡Ignóralo!

—Es alucinante, pero... A simple vista pareces una chica de verdad —suelta de repente escudriñándome de arriba abajo con descaro y dándome ganas de clavarle un nuevo empujón y lanzarlo escalera abajo—. Claro que, si te subieras el vestido, seguro que no lo parecerías tanto —añade mientras me esfuerzo en hacer como que no me molesta lo más mínimo cualquier cosa que me diga.

¡PERO ES SUPERIOR A MÍ!

—¿Y tú qué? ¿Todo bien con Emma? —pregunto deseando ver cuánto le jode que ella lo haya dejado como me ha contado Andrés.

Nacho sonríe.

—La he dejado yo —responde fingiendo que no tiene el mínimo interés en Emma, aunque su contraataque cargado de mala hostia diga todo lo contrario—: ¿Tú bien con

Mario? ¿Ya sabes quién de los dos la tiene más grande? —dice sabiendo dónde puede hacer más daño—. Dime, ¿te empalmas cuando os besáis? Bueno, cuando os besabais, porque ahora no te imaginas el asco que le das.

¡Qué ganas de reventarle la boca para que se calle!

—Bueno, nos vemos luego, tocayo —suelta dándome un golpecito amistoso en el hombro—. Y pórtate bien —añade sonriéndome mientras se separa de mí para dirigirse a su clase, que está un piso por encima de la mía.

Me muero de ganas de salir corriendo detrás de él, agarrarlo y borrarle esa sonrisa con todas mis fuerzas, pero lucho por contener la rabia que me pide que deje que tome el control a lo Hulk y ponga a Nacho en su sitio.

¡Y ojalá pudiera!

Pero necesito todo mi valor para seguir andando hasta mi aula y volver a ver a Mario.

***

«¿Qué haces aquí? ¿Por qué has vuelto?»

Sé que eso es lo que piensa Mario cuando entro en clase y el murmullo instantáneo de los demás compañeros hace que él gire la cabeza y me vea. No es necesario que diga nada. Tengo suficiente con esa mirada que grita «¡No me jodas!» para saber cuánto le duele verme avanzar hacia mi pupitre enganchado al suyo.

—Hola… —digo sonriendo, creo, no lo sé.

La respuesta de Mario es un suspiro hastiado que tiene mucho de «¿por qué lo pones tan difícil?». Y entonces, en un impulso, Mario se agacha, coge la mochila del suelo y…

¿Se larga?

Mario sale hacia la puerta del aula, pero su huida de mí se queda solo en un intento frustrado porque el profesor de matemáticas entra en clase con un «¡Siéntense!», dicho con su educada mala leche, que provoca una estampida de alumnos a sus respectivos pupitres justo cuando también suena el timbre de inicio de clase.

Mario es el único que no se mueve y se queda de pie sin saber qué hacer.

—Señor Montes. ¿A qué espera para ir a su sitio?

A que yo desaparezca de su lado.

Pero no lo hago. Y por eso Mario sigue ahí quieto.

—Va, siéntese.

Mario tarda unos segundos en obedecer, sopesando si aún hay alguna posibilidad de escapar, supongo, pero se rinde antes de recibir un segundo aviso del profesor que le apresure a recorrer el camino hasta mi lado:

—Brío, señor Montes. Y a ver si hoy consigue que no le separe de la señorita Jordà —añade cuando Mario vuelve a dejar su mochila en el suelo apoyada sobre las patas de su mesa.

Ese deseo provoca las risitas de algunos compañeros y que Mario me mire dolido. Apenas es una mirada fugaz cuando aparta su silla para sentarse, pero sus ojos están llenos de reproche.

—Pasa de ellos —le aconsejo en voz baja provocando que vuelva a mirarme con dureza para que le deje en paz de una vez.

«¡PASA TÚ DE MÍ!» Tengo la sensación de que Mario se muerde la lengua para no gritarme estas palabras que le queman en la boca. Sin embargo, en su lugar se pone de pie y, sin que nadie se lo mande, levanta su pupitre en vilo para ponerse al fondo de la clase.

—¿Y ahora qué hace, señor Montes?

—Detrás estaré más atento y ya no tendrá que separarme —responde Mario sin detenerse, alejándose de mí sin la resignación del día que nos separaron por primera vez porque no dejábamos de hablar.

Aquel día, al hacerlo, inclinó demasiado el pupitre y el interior de la cajonera resbaló esparciéndose por el suelo. Las risas de los compañeros de clase ni le inmutaron entonces y, al recoger la carpeta y libros esparcidos, descubrió el dónut que le había dejado dentro de la cajonera como disculpa por llamarle imbécil sin ningún motivo en nuestro primer encuentro.

«Todo olvidado», había dicho entonces acuclillado sonriendo junto a sus cosas.

¡Ojalá ahora también fuese tan fácil!

25

Violeta:

Hola, Mario. LO SIENTO. Sé que no quieres hablar conmigo. Ayer me quedó muy claro en clase. Ni tampoco quieres que te escriba. Y sé que desde el día que todo se fue a la mierda no he dejado de hacerlo. Te he escrito, te he llamado, te he dejado mensajes en el buzón de voz... Te he acosado un poquito. 😐 Pero puedes estar tranquilo porque este whatsapp es el último que te escribo. Te lo prometo. Si tú no quieres, no volverás a ver nunca más mi nombre aparecer en la pantalla de tu móvil. Ni tampoco intentaré hablar contigo. Pero este último whatsapp necesito escribirlo y deseo que lo leas. POR FAVOR, LÉELO. No te pido que me respondas, ni que me entiendas, ni que me perdones. Aunque me gustaría que hicieras las tres cosas. Pero sí que quiero que leas por qué te oculté que soy una chica trans. No era mi intención hacerlo. Eso quiero que lo sepas. Tampoco colgarme de ti, ni que tú lo hicieras de mí. Y ahí está el problema. Sin quererlo, ni esperarlo, me quedé pillada de ti y tú me correspondiste. Y para mí fue todo muy rápido. ¡Demasiado! Porque pasó sin que tuviera tiempo de contártelo todo, porque nos saltamos el paso de ser amigos en el que lo hubiera hecho. Y entonces, una vez que me besaste... TUVE MIEDO DE PERDERTE. De que todo eso tan maravilloso se esfumara cuando lo supieras. Porque, joder, no soy estúpida y sabía que no me dirías: «Ah, vale. No pasa nada. No me importa». Sé que es muy difícil de entender, incluso a mis padres les costó hacerlo cuando les dije con cinco años que su hijo no era un niño, sino una niña. Pero esto no es excusa. Tenía que decírtelo y lo iba a hacer. ¿Te acuerdas cuando te dije que tenía algo que contarte? Fui muchas veces decidida a hacerlo, pero unas veces preferí regalarme un día más por si te perdía y otras fue imposible porque estabas castigado después de esa mañana que hicimos pellas. Lo único que llegué a hacer fue pedirte que me obligaras a decírtelo cuando tuviéramos tiempo, porque no era algo que pudiera decirte por teléfono o en un whatsapp. Aunque mira dónde hemos acabado. ME EQUIVOQUÉ. Decidí que, al cambiar de instituto, mi pasado no fuera una cosa que supiera todo el mundo como en Mataró. Quise que la gente no me mirara todo el rato como una chica trans. Ya tenía suficiente con ser la nueva que llega con el curso empezado. Y fue un error. Porque entonces no hubiese habido secreto que ocultar. Tú lo habrías sabido desde el principio. Seguramente, no hubiera pasado nada entre nosotros entonces. Como mucho habríamos sido buenos compañeros de pupitre.

Pero mejor eso que tener lo que hemos tenido y perderlo. ¡Cómo me gustaría volver atrás y contártelo todo cuando nos conocimos! PERO NO PUEDO VOLVER ATRÁS Y HACERLO TODO DE MANERA DIFERENTE. ☹ Lo único que puedo hacer es pedirte perdón y prometerte que no te molestaré más si es lo que deseas. Incluso he estado a punto de volver a mi antiguo instituto para que no tuvieses que verme nunca más. Pero me jode que los imbéciles que se meten conmigo, y especialmente el desgraciado de Nacho, piensen que huyo de ellos. No les daré ese gustazo. Por eso he rechazado el ofrecimiento de mis padres, que han insistido para que el lunes ya fuera a clase a Mataró. He estado a punto de aceptar por ti. Porque me duele ver cómo te separas de mí en clase, tu mirada de enfado, y echo de menos esa sonrisa de niño bueno que tanto me gusta. Pero luego pienso que dejaría de verte y… no puedo soportar esa idea, aunque no vuelvas a hablarme nunca más ni a sonreírme. ¡Ya te he dicho cómo extraño esa sonrisa y lo que me gustaría volver a recuperarla! Pero sé que no puedo. Ni lo intentaré más. Este whatsapp no es un último intento, es la única manera que he encontrado de poder soltarte todo este rollo que llevo tiempo intentando explicarte. Porque menudo rollo te estoy metiendo. Y encima seguro que me dejo cosas. 😐 No sé si lo leerás. Deseo que sí. Y así tengas claro que NUNCA FUE MI INTENCIÓN HACERTE DAÑO. ¡NUNCA! Por eso te vuelvo a pedir perdón. Eres el único chico que me ha gustado. Mi primer beso. Y ojalá algún día pueda volver a sacarte esa sonrisa de niño bueno. Muchas gracias por todos los buenos momentos. ☺

***

Cada vez que el móvil ha vibrado o ha sonado desde que le envié a Mario ese mensaje, me ha dado un vuelco el corazón y, ¡tonta de mí!, he corrido como una loca a mirar si era él enviándome una respuesta. Harta de hacerme ilusiones, he acabado silenciando todos los chats de WhatsApp para evitar falsas alarmas y decepciones. Si de repente un pling ilumina la pantalla, será un mensaje de él. Pero eso no ha pasado, no pasa, ni pasará. En mi cabeza era plenamente consciente de que sería así, pero... el corazón se empeña en creer lo contrario.

¡Inocente! ¡Cursi! ¡IDIOTA!

***

¡PLING!

Y de repente, a las dos de la mañana, el móvil sobre mi mesilla de noche ilumina la habitación.

26

Mario:
Llego dentro de cinco minutos.

Ese tiempo que releo en la pantalla de mi móvil ya ha pasado.

No vendrá. Se ha echado atrás.

Con la mirada fija en la puerta, estoy convencida de que Mario al final no aparecerá. Ayer por la noche me pidió que quedáramos en algún sitio próximo al pabellón donde tenía partido de baloncesto. Sin embargo, de camino a este bar desde el que le he mandado la ubicación para que viniera al acabar el partido, habrá cambiado de opinión.

Pues no. No lo ha hecho.

Porque, de repente, Mario aparece vestido con el chándal de su equipo de baloncesto y el pelo mojado porque acaba de ducharse.

Nunca lo había visto así. Qué guapo está.

No tarda nada en localizarme sentada en una mesa apartada en un rincón del bar cuando levanto la mano para que me vea. No me saluda, ni me sonríe. Se limita a venir hasta mí, que me levanto para darle dos besos que no rechaza, pero no me devuelve. De hecho, tengo la sensación de que si no me aparta la cara es por pena.

—Tengo diez minutos —informa sentándose enfrente de mí, nada de sentarse a mi lado como antes.

—¿Cómo ha ido el partido?

—Hemos perdido de dos. Una pena...

—Sí es una pena —digo en un tono triste, aunque está muy claro que no me refiero al partido—. Toma, te he pedido un dónut —añado mientras le acerco el platito con el dónut servido encima de una servilleta de papel—. Para que me perdones.

Mario levanta la cabeza y me mira sin llegar a sonreír. Como si estuviese conteniendo esa sonrisa de niño bueno que en mi whatsapp de despedida le dejé claro que extrañaba tanto.

—No estoy enfadado contigo —dice, aunque rápidamente se corrige—: Bueno, quizá aún un poco. Estos días lo he estado mucho. Pero entiendo que no debe de ser fácil explicar a un chico lo tuyo.

¡Qué horrible ha sonado ese «lo tuyo» en su boca!

—Me hubiera gustado que todo acabara diferente entre nosotros —digo—. En realidad, me hubiese gustado que no acabase.

—Ojalá te odiara, Violeta —suelta—. Porque entonces sería facilísimo pasar de ti como si nunca hubieses existido. Pero no consigo odiarte.

—Y yo que me alegro —digo intentando ocultar cuánto me duele escuchar sus lamentos por sus esfuerzos baldíos de odiarme.

—Yo no —responde sincero, dejando claro que lo ha intentado con todas sus fuerzas—. Porque no podemos salir juntos. Yo no puedo salir contigo.

—¿Porque tengo pene? —pregunto directa.

—No me lo pongas más difícil. Yo solo sé que ahora necesito olvidarte y que tú te olvides de mí, Violeta. Y si te he pedido quedar hoy es únicamente porque creo que nos merecemos una buena despedida. Acabar mejor que conmigo empujándote y tirándote al suelo en la entrada del instituto. Perdóname por eso —me pide arrepentido.

—No me tiraste. Tropecé —respondo sacándole hierro al asunto.

—Te tiré. Y lo siento. Pero es que ahí, en ese instante, sí que te odiaba.

No hace falta que lo jure. Tengo esa mirada de rabia y asco grabada para siempre.

—Necesitaba perderte de vista. Me sentía tan engañado... Y aún me siento un idiota por no darme cuenta de nada. Por ser tan estúpido de no ver dónde me estaba metiendo.

—Ya te dije en mi mensaje que nunca fue mi intención ocultarte nada.

—Pero, joder, Violeta, ¡lo hiciste! Y vale, sí, entiendo perfectamente que no vayas contándoselo a la gente a la primera de cambio, pero... me podías haber frenado hasta que me lo hubieses contado, ¿no? —me reprocha dolido.

—Sí, claro. Me equivoqué. Ya te lo he dicho. Lo siento. ¿Piensas que no me martirizo por dejar que pasara todo tan rápido manteniendo el secreto?

—Es que, hostia puta, Violeta. Dejaste que todo el mundo en el instituto supiera que estábamos juntos. Al menos podías haberme pedido que lo lleváramos en secreto. No cuesta tanto pensar en lo mal que me lo harían pasar si se supiera que eres un chico —suelta rompiéndosele la voz con esa última frase.

Entonces, antes de que pueda dejarle claro que ¡yo soy una chica!, Mario se desmorona y rompe a llorar tapándose la cara con las manos. Temo que si siente mi contacto salga corriendo, pero aun así me acerco a él y le acaricio un brazo para consolarlo y calmarlo.

—Todo es culpa tuya —creo entender que pronuncia entre sollozos cuando siente mi mano sobre su brazo.

Tiene razón. ☹

Mi egoísmo, mis miedos y mis ganas de alargar esa farsa para vivir una relación como cualquier otra chica son los culpables de que los dos estemos hechos polvo. Es así. Lo asumo. Y le pediré perdón las veces que haga falta. Sin embargo, esos desgraciados que deduzco que disfrutan haciéndole la vida imposible porque su «novia» tenía polla tienen más culpa que yo de sus lágrimas.

—Si pasas de ellos, se cansarán —suelto desde la experiencia.

—No se cansarán —dice convencido sin destaparse la cara.

—Créeme que sí, Mario. Y piensa: ¿qué te importa lo que opinen cuatro gilipollas?

—Ojalá fueran solo cuatro gilipollas. ¡Es todo dios! —suelta destapándose la cara para rebuscar en su bolsa de deporte hasta que saca su móvil del interior—. ¡Mira! —dice poniéndome el móvil en la cara para que vea las decenas de gifs de los Minions que le han enviado—. Me paso el día recibiendo y borrando mierdas de estas, o anuncios de contactos de travestis, o mensajes en el buzón de voz gritando «Bananaaaaaa»... Todo el puto día. ¡Todos los días! Y luego tengo que aguantar las risitas en clase, el murmullo, los comentarios... —Entonces Mario me mira con los ojos rojos y húmedos—. Es por esto sobre todo por lo que no puedo estar contigo, ni ser tu amigo, ni siquiera hablar contigo. Porque si nos ven juntos, todo esto irá a peor.

—Irá a peor si ven que te hacen daño y no les plantas cara —le advierto—. Yo te puedo ayudar a hacerlo. Tengo experiencia en tratar con gilipollas.

—Tú ya has hecho demasiado —suelta en un ramalazo de reproche—. Perdona —añade cuando se da cuenta de que le miro suplicándole que no me machaque más porque eso ya lo hago yo sintiéndome cada vez más culpable.

—No pasa nada. Si me devuelves el dónut, te lo perdono —respondo con una sonrisa intentando bromear un poco mientras alargo la mano al dónut que he pedido para él, pero no ha tocado.

—Ni hablar. Este es mío —dice cogiendo el dónut del plato—. Pero si quieres, te doy la mitad y compartimos el último dónut juntos.

—Nunca se dice el último, siempre es el penúltimo —replico recordando una expresión que he escuchado en casa.

—Pero este será el último —afirma triste partiéndolo por la mitad y dándome mi parte.

—Te echaré de menos —digo cogiendo ese medio dónut.

Me hubiera gustado escuchar «Y yo a ti, Violeta», pero Mario no lo dice. Por lo menos, al fin me regala esa sonrisa de niño bueno que tanto me gusta. No hace falta ser una lumbrera para saber que esa también será la última.

Último dónut, última sonrisa... ¿Último beso?

Me muero de ganas de pedírselo, pero no lo hago. Él no me lo da. Se levanta de la silla después de devorar el dónut en tres bocados y se despide:

—Nos vemos mañana en clase.

Eso no pasará. Lo acabo de decidir.

Mañana no nos veremos en clase. Ni pasado mañana, ni el otro...

Ni nunca más.

Cuando Mario sale por la puerta del bar, rompo a llorar.

27

La cara terrible de sueño de Andrés es la consecuencia de haberlo tenido despierto hasta muy tarde escuchándome hablar sobre Mario y mi decisión de alejarme del todo de él con la esperanza de que, si yo no estoy a su lado en el instituto, se acabe el acoso que está sufriendo. El pobre Andy tiene tanto sueño que tengo que darle un golpecito para que se entere de que el tren que abre las puertas es el nuestro.

—¿Es este?

Digo que sí y subo al vagón con Andrés, que se apresura en encontrar un sitio donde dejarse caer a plomo.

—Sí. Por fin te tengo dentro del tren —dice relajándose como si hubiese tenido que hacer un esfuerzo titánico para subirme.

¡Tendrá morro! Pero si podía haber dejado que se durmiera y escapar de él cuando quisiera.

—Me sentía como Christian Bale en *El tren de las 3.10* —dice Andrés refiriéndose a una película que me hizo ver hace tiempo—. Solo que mi misión era subirte al cercanías de las 7.50 a Mataró.

—Ojalá el escolta que hubiesen llamado mis padres para que viniera a dormir a casa y me acompañara al instituto fuera Christian Bale —suelto para bajarle un poquito el orgullo.

—Bueno, ya sabemos que tú prefieres a cualquiera antes que a mí —responde con tono y ojitos de pena.

¡Teatrero!

—Es broma, tonto. Christian Bale es una mierda a tu lado —digo viendo que sigue haciéndose el dolido—. No te cambiaría por ningún otro escolta. Por cierto, ¿no deberías esposarme al asiento para que no huya en la próxima parada?

—No hace falta. Llevo una táser por si cambias de opinión otra vez. Como de repente sueltes «¡Me lo he vuelto a pensar!» y hagas el amago de ir al instituto a Barcelona, te sacudo treinta mil voltios y te arrastro hasta Mataró.

—Pues tenlo a mano. Porque me escuece un montón huir —confieso.

—¡Y dale! ¡Que no huyes! —me corrige Andrés—. No pintas una mierda en ese instituto, Violeta —asegura con firmeza—. Si Mario te ha pedido que pases de él, ¿qué pintas? —añade viendo que le miro dudando de esa afirmación anterior.

—Verlo —respondo.

—¿Sin poder hablar con él? Para eso estás con nosotros que somos tus amigos y si quieres verlo miras sus vídeos de YouTube. —Andrés se da cuenta de que eso no es una solución para mis ganas de verlo—. Alejaros el uno del otro es lo mejor para los dos —dice pasándome el brazo por encima del hombro y achuchándome un poquito para animarme.

—¿Me estás agarrando para que no salga corriendo cuando se abran las puertas? —suelto viendo que el tren está deteniéndose en la última estación de Barcelona.

—Joder, pensaba que quedaría disimulado si parecía un abrazo amistoso —responde con tanta seriedad que hasta parece que lo diga en serio.

—Si solo es eso, puedes soltarme, no me escaparé.

—¡Uy, no! No me fío de ti —dice apretando el abrazo—. Vuelvo a Mataró. No vuelvo. Vuelvo. No vuelvo. Vuelvo...

—¡Idiota! —digo dándole un golpe con el brazo que tengo pegado a él por imitarme con voz de pava—. ¿Me sueltas? —pido haciéndome la ofendida.

—Un momento. —Las puertas del tren vuelven a cerrarse—. Vale, ya ha pasado el peligro —dice liberándome.

—¿Tú no crees que al menos tendría que decírselo? —pregunto incapaz de dejar el tema de lado.

—¿Que no volverás al instituto con él?

—Dejé que se despidiera con un «Nos vemos mañana en clase» —recuerdo arrepentida porque eso no pasará—. Es solo escribirle un mensaje y explicarle que no volveré.

—Ya lo verá cuando no aparezcas —dice Andrés impidiendo que escriba ni una palabra en el móvil—. Además, supongo que le dirán a toda la clase que te has cambiado de instituto.

Supongo que sí.

—Tienes que dejar de buscar excusas para escribirle, Violeta.

Supongo que también tiene razón.

—Aunque tampoco es eso, Violeta —suelta intuyendo mis intenciones cuando ve que busco el contacto de Mario en el móvil.

—¿Qué sentido tiene tener su teléfono si no voy a llamarle, ni a escribirle? —pregunto segura de la respuesta.

Ninguno.

Por eso, sin pensármelo dos veces, aprieto en la pantalla el «Eliminar contacto» escrito en rojo. Y después lo hago una segunda vez cuando se despliega una pestaña para confirmar si estoy segura de que quiero eliminarlo de verdad.

¡Claro que no quiero!

Pero lo hago y al instante tengo ese momento de «¡¿Qué diantres has hecho, Violeta?!» cuando veo que el contacto se desvanece. Luego intento recordar el número de Mario, pero es imposible porque nunca me lo he sabido.

Borrado. ☹

—Eso sí es tener un par —suelta Andy con admiración porque haya sido capaz—. ¿Te puedo pedir que hagas una cosa más ya que estás en contactos?

—¡No! No voy a desbloquear a Emma —digo mirándole con dureza y sabiendo que es lo que va a pedirme porque ayer por la noche ya me lo pidió mil veces—. Ni la voy a perdonar —añado para que se saque también esa idea de la cabeza.

—¿Vas a pasar de ella hoy en clase? ¿Cuando te pida perdón mil veces vas a hacer como si no la escucharas? ¿A Emma, que siempre ha estado ahí?

—¡Joder! ¡Qué pesado eres cuando quieres! —suelto buscando a Emma en los contactos—. ¿Contento? —pregunto enseñándole cómo desbloqueo a Emma para que se calle el resto del viaje.

—¿Y no le escribes nada para que sepa que la has desbloqueado?

Violeta:
¡Te perdono, zorra!

—¿Te parece bien? —pregunto dándole al enviar.

—Muy bonito y muy fino —responde.

Violeta:
😜

—Va, mira, le he puesto un emoticono —digo enseñándoselo.

—Bien hecho. Que no crea que va en serio lo de «Te perdono» —dice con voz grave haciéndome reír.

Emma:
¡Violeta!

Emma:
Gracias por escribirme. ¡GRACIAS! ☺

Emma:
¡Lo siento!

Emma:
¡LO SIENTO MUCHO!

Violeta:
Ya está, Emma. Olvidado.

Emma:
No está, Violeta. Todo es culpa mía. Pero necesito que sepas que yo no quería hacerte daño. Ni sé por qué se lo dije a Nacho. Además, me prometió que no se lo diría a nadie.

—¿Estás contento? Esta ya no para —digo viendo que Emma necesita soltar todo lo que no he dejado que me explique.

—Genial. Mientras hacéis las paces del todo yo descanso los ojos un ratito —suelta apoyando la cabeza sobre la ventana del vagón para echar una cabezada.

—¡Ni hablar! —digo sacudiéndolo para que no se duerma mientras siguen entrando mensajes de Emma sin parar por su culpa, por haber insistido en que la desbloqueara y le escribiera.

—Violeta, tenéis que solucionarlo vosotras dos. Yo sobro —dice cerrando los ojos y volviéndose a colocar cómodo—. Despiértame cuando lleguemos —añade sonriendo burlón.

¡Capullo!

Emma:
Andrés me ha dicho que hoy vuelves al instituto con nosotros.

Capullo y… ¡bocazas!

Emma:
Te he echado de menos.

Emma:
Tengo ganas de verte.

Emma:
Y de abrazarte. ☺

Yo no.

Una cosa es que la perdone y otra muy distinta que quiera abrazarla. Pasará mucho tiempo y tendrá que currárselo mucho para que tenga ganas de hacerlo.

***

O quizá tampoco tanto.

—Madre mía, ¡qué dramáticas sois! —suelta Andrés cuando, nada más verla, después de un nuevo «Lo siento», Emma y yo nos abrazamos y rompemos a llorar.

—¡Cállate! —decimos las dos a la vez como podemos.

Fundida en ese abrazo, al que obligamos a incorporarse a Andrés contra su voluntad, tengo claro que volver junto a mis amigos es la mejor decisión que podría tomar y que con ellos estaré bien.

Espero que Mario sin mí a su lado también lo esté.

28

Eufhoricmania Hace 7 minutos
Jajajajajajajajaajaja Me encanta el Minion.

UNICORN Hace 10 minutos
Like si quieres que vuelva Mario y se coma una banana en el próximo vídeo XD

Osc4r Hace 19 minutos
¡Qué obsesión por las bananas! XD

$ergio23 Hace 20 minutos
Minuto: 0.16.
Bananaaaaaaaaaaaaaaaaaaaaaaaaaaaa!

Pako Hace 21 minutos
Aún estoy riendo. Muy grande el vídeo, Nacho. Jajajajajaajajajajajaajajajajaajajaja

F&N23 Hace 30 minutos
Nacho, ¿por qué te buscas siempre compañeros de videojuego obsesionados con las bananas? ;)

Karla Hace 31 minutos
Si alguien se pregunta dónde estaba Mario mientras Nacho graba el vídeo, dicen que lo han visto en una frutería comiendo Bananaaaaaaaaaaaaaaaaaaaaaaaaaaaaaaas.

Ocultar respuestas ^

Eufhoricmania Hace 2 minutos
Seguro que se las come a dos carrillos. XD

NothingMatter Hace 9 minutos
¡Ñam! ¡Ñam! ¡Ñam!

UNICORN Hace 13 minutos
Bananas, plátanos, zanahorias… Cualquier cosa con forma de P… ;)

M4RT4 Hace 30 minutos
¡Chicos, vigilad! Se rumorea que, si os ponéis una falda, Mario aparece y os intenta comer la banana. XDDDDDDDDDDD

Paso de seguir leyendo ni un comentario más de las decenas que siguen a continuación. He leído suficientes para comprobar que, a pesar de que hace más de un mes que no veo a Mario, todo sigue igual para él y siguen machacándolo porque cometió el error de pillarse de mí.

Todo esto es por mi culpa.

Soy incapaz de evitar esta sensación cuando pienso en cómo le deben de afectar todos esos comentarios a Mario, pero ¡NO ES VERDAD!

¡Qué voy a tener yo la culpa!

Yo no soy M4RT4, ni UNICORN, ni Karla, ni Eufhoricmania, ni ninguno de los otros comentaristas, compañeros del instituto seguro, que se divierten acosándolo. Y ni mucho menos soy el desgraciado de Nacho, que por unas cuantas visualizaciones, unos cuantos jajajajajajajaja en los comentarios y conseguir unos *likes* de más, es capaz de destripar a su amigo de toda la vida en un vídeo del canal de YouTube que comparten y que empieza con el mismo saludo gritado a cámara con el que Nacho abre siempre cualquier vídeo:

—¡¿Qué tal estáis, capullos?!

¡Tú sí que eres un capullo!

—Espero que estéis todos bien. Porque yo hoy... —Inmediatamente empieza a sonar una música dramática de lagrimita fácil—. Estoy destrozado. Tengo una muy mala noticia: Mario ha dejado el canal —informa melodramático antes de que entre por corte, justo después, un vídeo de un par de segundos de él gritando «¡Noooooooooooooooo! ¡Eso noooooooooooooooo!»—. Pero tranquilos porque no todo son malas noticias —añade con alegría cuando acaba el corte—, porque... ¡he encontrado un sustituto igualito que él! —suelta sacando de debajo de la mesa al mismo tiempo que lo dice el peluche cutre de un Minion—. ¡Bananaaaaaaaaaaa! —grita haciendo que es el muñeco el que habla.

¡Para esta basura ahora mismo, Violeta!

Sé que no debería mirar ni un solo segundo más, de hecho, desde el momento en que Nacho ha dicho que Mario ha dejado el canal no pinto nada viendo esta porquería. Porque solo miro estos vídeos para quitarme el mono de ver a Mario. Sin embargo, sigo enganchada al vídeo para comprobar si Nacho dejará el escarnio ahí o va a seguir haciendo sangre.

Cuando explica que, en honor de Mario, él y el Minion jugarán al Donkey Kong Country, un videojuego de plataformas clásico en el cual hay que avanzar pantallas recuperando las bananas que los malvados del juego les han robado a los monos protagonistas, tengo clara la respuesta.

—Si lo estás mirando, estas bananas van por ti, compañero —suelta Nacho a cámara antes de empezar a jugar.

¡TÚ NO MIRES MÁS, VIOLETA!

Pero lo hago. Martirizándome con cada una de las perlas que Nacho deja escapar durante esa partida «homenaje» que tras unos cuantos minutos termina después de derrotar al primer jefe final del juego y recibir como premio una banana gigante dos veces más grande que el gorila protagonista.

—¡Guau, Mario, mira qué pedazo de banana te he conseguido! —dice Nacho malicioso mientras en el videojuego Donkey Kong baila contento junto a esa recompensa—. Esta no la pierdas, eh —añade en lo que me tomo como una referencia a mí—. Pero, de todas formas, tranquilo, porque tengo pensado subir más vídeos jugando al Donkey Kong para que no te falten.... —Entonces pega el Minion a la cámara y grita—: ¡Bananaaaaaaaaaaaaaaaaaaaaaaaaaaaaas!

¡Hijo de puta!

Tengo tantas ganas de gritárselo a la cara... Pagaría por poder hacerlo mientras le hago tragarse ese maldito muñeco y le estampo yo a él la cara contra la cámara.

¡Mario es su amigo desde la guardería, joder!

Sin embargo, no tiene ningún problema en machacarlo en un vídeo y dar material a los demás para que le hagan la vida imposible.

Violeta:
¡¿Cómo puedes ser tan desgraciado?!

La rabia que siento me lleva a soltar toda la bilis en esa pregunta que envío a Nacho sin pensar. Luego me arrepiento sabiendo que le encantará saber que he visto su vídeo. Aunque, una vez que ya la he cagado enviándole el primero, al menos pienso quedarme a gusto:

Violeta:
Eres un hijo de puta haciéndole esto a Mario.

Nacho:
¡Tocayo! ¿Eres tú?

Su respuesta detiene mis dedos, que estaban escribiendo un nuevo mensaje para dejarle claro el asco que me da.

Nacho:
¿Qué pasa? ¿Has visto mi vídeo?

Nacho:
¿Me has dado un like?

Violeta:
No voy a dejar que sigas machacando a Mario.

Nacho:
¿Y qué vas a hacer? ¿Vas a venir al instituto a romperme las piernas? 😄

No. A romperte las piernas no. Pero iré.

29

—Nacho Angulo acuda a dirección. Nacho Angulo acuda a dirección.

La megafonía del instituto repite dos veces la llamada para que Nacho acuda a hablar al despacho de la directora del centro. Me lo imagino dando un respingo en su silla cuando se percata de que es su nombre el que resuena a través de los altavoces. Pagaría por poder ver su cara de sorpresa preguntándose por qué le llaman a él, qué ha hecho, y más aún por escuchar cómo intenta defenderse de mis acusaciones de acoso hacia mí y hacia Mario. Las negará, pero el muy idiota se ha grabado en vídeo.

¡Que pida un like *ahora!*

Seguro que toda esa chulería asquerosa tan suya se diluirá y se pondrá a llorar como un niño cuando sepa que va a ser expulsado durante tres semanas, o definitivamente si continúa siendo un desgraciado con Mario. Deducir que he sido yo la chivata no le costará nada. Y aún menos cuando alguien le explique la charla que estoy a punto de dar a mis excompañeros de clase.

—¿Estás segura de que quieres hacerlo, cielo? —me pregunta mamá, que hoy me ha acompañado a hablar con la directora y ahora está conmigo en la puerta de mi aula donde espero para entrar.

Mamá me apoya a muerte a plantar cara, pero si ahora le dijera que me lo he pensado mejor, ella estaría encantada de que nos fuéramos.

—¿Quieres que me quede? —me pregunta a pesar de que tiene que ir al trabajo.

—Tranquila, mamá. Todo irá bien —respondo convencida, enseñándole las manos para que vea que estoy serena y no me sudan de los nervios.

—Puedo llamar y decir que hoy no puedo ir.

—No hace falta —le digo dándole un beso para agradecérselo todo.

—Violeta, cuando quieras puedes pasar —me informa el tutor que he tenido estos meses después de haber entrado él primero a clase para pedirle al profesor de matemáticas que me deje interrumpir su explicación.

—Tranquila. Irá bien —le repito a mamá, aunque en realidad es a mí a quien me lo estoy diciendo.

—Irá perfecto, hija —me dice mamá con una sonrisa y una caricia con la que aprovecha para colocarme bien el pelo.

—Gracias —respondo—. Cuando salga te llamo y te cuento cómo ha ido —añado entrando en clase, donde todo el mundo está esperándome con la mirada fija en la puerta.

Mario también. Cuando le veo sentado en su sitio después de tantos días, me da un salto el corazón y me quedo empanada mirándolo hasta que el profesor de matemáticas llama mi atención dirigiéndose a mí:

—Veo que sigue empeñada en interrumpir mis clases, señorita Jordà.

—Lo siento —digo mientras intento volver a centrarme.

—No pasa nada. Hoy me alegro de que lo haga —añade despojándose de golpe de su habitual tono de mala leche—. Será un placer que nos explique a todos a lo que ha venido.

—He venido... *—a ayudar a Mario—*... a despedirme. Hace unas cuantas semanas me marché sin decir nada a nadie. *—Solo a la persona que me importa—*. Hoy he venido a deciros adiós —suelto dirigiéndome a esa audiencia de chicas y chicos que me miran preguntándose por qué he vuelto después de tantos días—, aunque ojalá no hubiese tenido que irme y llegara a conoceros más.

»De hecho, aún me gustaría —digo sincera—. A pesar del acoso que me habéis brindado desde que sabéis que soy una chica trans, querría seguir estudiando con vosotros para que me conocierais de verdad. No me he marchado del instituto por culpa de vuestros ataques.

¡Eso que lo tengan claro!

—Estoy curtida en toda esta porquería —continúo—. Con cinco años, cuando empecé a ir al colegio siendo Violeta, sí que me hubieseis destrozado gritándome «Bananaaaaaa». Pero ahora ya no. Al contrario, a veces me ayuda a saber qué personas valen la pena y cuáles no. Nunca me habría marchado para huir de vuestros ataques. —remarco por si aún lo dudan—. El acoso hacia mí me resbala. Sin embargo, sí que me duele ver cómo machacáis a otra persona por cometer el «delito» de haberse acercado a mí —suelto refiriéndome a Mario sin llegar a pronunciar su nombre, aunque todos saben que hablo de él, que con su mirada parece suplicarme que no siga.

Lo siento. Tengo que hacerlo. Por ti.

—Ese fue el motivo por el cual decidí largarme. Para que le dejarais en paz. Porque pensé que, si yo desaparecía de su lado, también lo haría el acoso brutal que recibe por haber tenido una buena relación conmigo. ¡Qué equivocada estaba! Porque luego entro a ver un vídeo de YouTube, leo los comentarios y confirmo que algunos seguís empeñados en hacerle la vida imposible escribiendo...

De repente, el chirriar de las patas de una silla apartándose bruscamente del pupitre interrumpe mis palabras. Cuando miro hacia esa dirección, la misma que he intentado evitar todo el rato mientras hablo para que me sea más fácil hacerlo, Mario ya ha recorrido medio camino en dirección a la puerta del aula.

—Señor Montes, ¿dónde...? —El profesor de matemáticas intenta detenerlo hasta que se da cuenta de que Mario está llorando—. De acuerdo, venga conmigo —suelta entonces acompañándole fuera de clase—. Usted continúe hablando, señorita Jordà —añade dirigiéndose a mí al ver que hago el amago de salir con ellos.

—Violeta, por favor, continúa —me pide el tutor y permanece en clase conmigo y los demás alumnos—. Estará bien. Cuando pueda ya volverá —añade para que deje de preocuparme por Mario y siga hablando.

Entonces miro a mis excompañeros. Algunos de esos chicos y chicas llevan semanas machacando a Mario, sin embargo, nadie parece estar disfrutando de haberlo visto salir destrozado. Todo lo contrario.

Va, Violeta, si has empezado, acábalo.

—Espero que ahora seáis conscientes del daño que le estáis haciendo —suelto muriéndome de ganas de salir corriendo a consolarlo—.Yo sí soy muy consciente del daño que le he hecho —reconozco sabiendo que Mario seguramente me apartaría de él si intentara abrazarlo—. Porque yo también soy culpable de que todo esto haya acabado de esta manera —digo aceptando mi parte de culpa ante todos con los ojos humedecidos—. Yo la cagué el primer día de clase convirtiendo en un secreto algo que nunca lo ha sido para mí. Os lo oculté a todos como si ser una chica trans fuese algo malo cuando fuera de aquí lo he vivido siempre con absoluta normalidad. Hice un tabú de mi transexualidad. No me acerqué a vosotros por miedo a que lo descubrierais. Y eso facilitó que, en el momento que lo supisteis, pensarais que era algo que me avergonzaba y que podíais utilizarlo para atacarme. Y no es así. Os lo tenía que haber contado. Estoy convencida de que, si el primer día me hubiera plantado delante de vosotros como ahora y os hubiera explicado mi vida, habría sido diferente para todos. Yo hoy os pido que arregléis vuestro error, que Mario deje de ser el centro de vuestras burlas. Pero también quiero arreglar el mío. Aunque sea tarde. Por eso, después de todo este rollo, me gustaría explicaros mi historia para que entendáis qué es ser una chica trans.

***

—¿El nombre de Violeta lo escogiste tú? —me pregunta Clara, una chica con la que apenas he hablado durante los meses que hemos sido compañeras, después de unos segundos en los que parecía que nadie aprovecharía la posibilidad que les había dado de hacerme preguntas después de contarles mi vida resumida en unos cuarenta minutos y pico.

—A mí siempre me había gustado Sara —respondo recordando el nombre que me ponía a mí misma cuando soñaba con la posibilidad de dejar de ser Nacho—. Pero mi madre siempre había pensado que si algún día tenía una niña le pondría Violeta. Y me pareció bien. Me gusta Violeta. De hecho, recuerdo un día con cuatro años o así, cuando aún «era» Nacho, que fui con mis padres y mi hermano, León, a PortAventura. Me empeñé en que me compraran un vestido de princesa que vimos en una tienda. Y lo hicieron. Y te prometo que me quedaba monísimo —suelto consiguiendo una risa de Clara—. Tanto que, haciendo cola en una atracción, un señor le dijo a mi madre que tenía una niña preciosa y me preguntó a mí cómo me llamaba. Le dije: «Violeta», justo antes de que mi madre pudiera corregirlo explicándole que no era una niña. Por lo que, visto así, la primera que me llamó Violeta fui yo.

—¿Cómo te diste cuenta de que eras una niña? —me pregunta un chico que sé que se llama Álex porque lo he escuchado en clase, pero con el que diría que no he cruzado dos palabras hasta ahora.

—Si te refieres a si hubo un día que dije: «Guau, soy una chica», no es así. Yo desde siempre sabía que era una chica. Al principio, evidentemente, como nadie te dice que es posible, piensas que estás loca. Que eres un bicho raro y no te atreves a decírselo a nadie. Era incapaz de contárselo a mis padres porque pensaba que no era normal, que era un bicho raro, la única persona en el mundo a la que le pasaba esto. Luego un día, mi madre, que sospechaba lo que me pasaba, me enseñó el vídeo de la historia de un niño trans y me di cuenta de que yo era como ese niño, pero al revés. Se me abrieron las puertas al ver ese vídeo y por fin me atreví a decírselo a mi madre. Y me sentí genial —respondo rememorando ese momento en el que empezó todo para luego dar paso a la siguiente pregunta señalando una de las manos levantadas.

—¿Tus padres qué te dijeron?

—¿Cuando les dije que era una niña? —La chica de la pregunta me dice que sí—. Mis padres son una pasada. Evidentemente les costó entenderlo y les costó saber qué es lo que tenían que hacer para ayudarme, pero siempre me han apoyado en todo. Y eso es básico. Porque imagínate pasar por todo lo que os he contado si tu familia no lo acepta y te niega ser la niña que eres. Realmente estás jodida si no quieren ayudarte y piensan que es una tontería que ya se te irá de la cabeza. Yo he tenido muchísima suerte con mi familia —afirmo siendo consciente de que ninguno de ellos puede imaginarse la suerte que he tenido.

—¿A qué edad puedes operarte?

Esa es la siguiente pregunta.

—A ver…, la legislación dice que es mejor empezar a los dieciséis con todo el proceso —respondo repitiendo una de las informaciones que he aprendido desde que me he planteado esta posibilidad—. Pero operarse no es una obligación, eh. Es una opción.

—¿Tú te operarás, Violeta? —suelta otra chica al instante sin esperar a que le dé la palabra.

—Yo…

La puerta de clase se abre e interrumpe mi respuesta. Inmediatamente, el foco de atención de todos los presentes, incluida yo, se centra en Mario, que regresa acompañado por el profesor de matemáticas y sin decir nada camina de vuelta a su sitio al fondo de la clase. Cuando pasa por mi lado me mira un instante y puedo comprobar que ha estado llorando. Porque, a pesar de que se habrá lavado la cara antes de entrar para que no se le note, esos ojos enrojecidos son terriblemente delatores. Quizá por eso avanza cabizbajo entre el pasillo de pupitres, para que nadie se los vea.

¡Me muero de ganas de abrazarlo!

Y no soy la única. De repente, antes de que llegue a su altura, Marta, probablemente la M4RT4 autora de «¡Chicos, vigilad! Se rumorea que, si os ponéis una falda, Mario aparece y os intenta comer la banana. XDDDDDDDDDD», se pone de pie y abraza a Mario con fuerza. Acto seguido, otros compañeros y compañeras se levantan y se suman al abrazo colectivo. Yo me retengo para no unirme y me quedo ahí de pie, viendo, satisfecha, ese instante de redención de la clase con Mario. Algunos compañeros me piden que me acerque, pero mantengo la distancia porque no sé si Mario también lo quiere.

Demasiado miedo a que me rechace otra vez

Entonces veo que Mario se libera de los chicos y chicas que le siguen pidiendo perdón y empieza a avanzar hacia mí. El pulso se me acelera a medida que observo cómo recorre ese par de metros que nos separan. Temo que al llegar a mi lado me suelte un «¿Qué diablos haces aquí?» o «¿Por qué no me dejas en paz de una vez?». Pero no lo hace. Me abraza.

—Gracias.

Mario me agradece mi ayuda justo antes de deshacer ese abrazo que se me ha hecho demasiado corto. Intento responder que ayudarlo era lo mínimo que podía hacer, pero antes de poder abrir la boca me pide algo que tengo muy claro que no sería bueno para ninguno de los dos:

—¿Por qué no vuelves al instituto, Violeta?

—No puedo –le respondo.

—Va, Violeta, vuelve —me pide Marta seguida de otros compañeros que se unen a esa petición sincera para que me quede a con ellos—. Lo sentimos un montón. Perdónanos. Hemos sido unos estúpidos, pero no volverá a pasar.

—Ya lo sé, pero… Lo siento. No puedo —repito. Me sabe muy mal, pero estoy segura de que es la mejor decisión.

—¿Por qué? —me pregunta la chica que el primer día de clase me indicó que el sitio al lado de Mario estaba vacío y podía sentarme ahí.

—Porque tengo un amigo que me metería treinta mil voltios con un táser y me llevaría arrastras a Mataró si le dijera que he vuelto a cambiar de opinión —respondo. Intento bromear y repito la promesa de Andy para no tener que contarles la verdad: No vuelvo porque sé que Mario y yo no volveremos a estar como antes. Y verlo cada día sin poder besarlo, sin disfrutar de esa sonrisa de niño bueno que tanto me gusta, sería un calvario para mí. A pesar de que me gustaría volver, sigo pensando lo mismo que cuando decidí irme: los dos estaremos mejor separados.

—Si cambias de opinión, ya sabes que el colegio estará encantado de tenerte aquí con nosotros —me recuerda el tutor que ha estado presenta en la charla que hemos tenido mamá y yo con la directora.

—Si vuelve, yo estaré encantado de mandarla callar de nuevo en clase, señorita Jordà —añade el profesor de matemáticas con una sonrisa.

—Lo tendré en cuenta —digo devolviéndole la sonrisa—. Aunque de momento tendremos que conformarnos con vernos fuera de clase, si queréis —añado mirando a todos esos chicos y chicas que me observan—. Ya os he dicho que me gustaría conoceros más. Que no estudie aquí, no significa que no podamos ser amigos.

—Genial, danos tu teléfono —me interrumpe Clara, la chica que me ha preguntado si el nombre de Violeta lo había escogido yo, mientras saca su móvil de la cajonera del pupitre.

Mientras se lo doy, Clara no es la única que lo guarda en la agenda de su teléfono.

¿Por qué no di esta charla el primer día clase? ¿Por qué no expliqué el primer día quién soy?

Si lo hubiera hecho, todo habría sido diferente. Es cierto que quizá entonces Mario nunca se hubiera interesado por mí como lo hizo. Y no mentiré, me alegro de haber vivido ese tiempo en el que todo era maravilloso. Pero, también es cierto que ahora no tendría que poner distancia para no verlo cada día, ni tendría que despedirme de Mario una vez más.

30

—¿Te importa si nos decimos adiós en la puerta del instituto? —suelto rompiendo el silencio entre Mario y yo mientras bajamos la escalera en dirección a la salida, junto a los demás alumnos que también se dirigen a la calle durante la media hora de descanso de media mañana.

Mario se ha ofrecido a acompañarme hasta el tren pero, apenas hemos cruzado un par de palabras desde que hemos salido del aula. Como si no supiéramos qué decirnos porque este momento ya lo hemos vivido.

—No me cuesta nada acompañarte hasta el tren —me dice.

No quiero alargar este momento.

—Tenemos que dejar de despedirnos —digo cuando pisamos la acera de la calle y hago que se detenga—. Si llego a saber que nos viciábamos a hacerlo cada dos por tres, hubiese guardado frases de aquel whatsapp kilométrico para tener algo que decirnos ahora —añado intentando bromear un poco.

Mario va a responder cuando un grito de odio dedicado a mí nos interrumpe con violencia:

—¡TRAVELO DE MIERDA!

Apenas tengo tiempo de girarme y sentir el manotazo de Nacho en la cara.

—¡¿Qué haces, imbécil?! —suelta Mario agarrando a Nacho y apartándolo de mí, que noto cómo la mejilla me arde por culpa de la hostia inesperada de ese desgraciado.

—¡Suéltame, comepollas! —escupe Nacho con rabia, intentando zafarse de Mario.

A nuestro alrededor, los demás alumnos que también han salido a hablar o desayunar a la calle se arremolinan para ver qué está sucediendo. Algunos le piden tímidamente a Nacho que se calme.

—¡Me han expulsado tres semanas por culpa de esa hija de puta! —chilla mirándome con rabia—. ¡Mis padres me lo van a quitar todo!

—¡Te han expulsado porque eres un mierda! —respondo para que tenga muy claro la basura que es.

—¡SUÉLTAME, COJONES!

De repente, Mario cae doblado al suelo después de que Nacho le clave un rodillazo en sus partes y se lo saque de encima como a un pelele. Sin tiempo para reaccionar, o preocuparme de Mario, Nacho me agarra.

—¡Tú sí que eres una mierda! —me grita mientras evita que me lo saque de encima—. ¡Un engendro asqueroso! —me chilla al oído—. ¡Va, enséñales el rabo a todos para que lo vean! —suelta dándome un primer tirón en los pantalones, que a punto está de bajármelos.

—¡Déjala, capullo!

Alguna chica grita eso desde el corrillo de compañeros de instituto que se agolpa para ver el espectáculo, pero nadie consigue separarlo de mí mientras lucho para que no me desnude en medio de la calle.

¡Que alguien me quite a este cerdo de encima!

Noto sus manos palpándome como si estuviera comprobando qué es lo que tengo.

—¡APÁRTATE DE ELLA! ¡NO LA TOQUES!

El grito de Mario precede a un fuerte empujón que lanza al suelo a Nacho, que está a punto de arrastrarme a mí con él agarrándose a uno de mis brazos. Intenta levantarse rabioso, pero Mario se lo impide lanzándose sobre él y golpeándolo con ganas. Preocupada por que Mario salga mal parado, trato de separarlos, pero un grupo de chicos se me adelanta.

—No me toquéis, dejadme —ordena Nacho a los chicos que le han ayudado a levantarse de la acera cuando le han quitado a Mario de encima.

Le sangra la nariz, respira acelerado y me mira con desprecio.

—Que os follen a los dos —pronuncia limpiándose la sangre de la cara con la mano—. Disfruta comiéndole la polla —añade despidiéndose de Mario antes de abrirse paso a empujones y largarse en dirección a la parada donde cogían juntos el autobús.

—¿Estás bien, Violeta? —se preocupa por mí un chico de otro curso, uno de los que ha separado a Mario y a Nacho.

Y no es el único a quien respondo que sí, porque son varios los chicos y chicas, algunos de clase otros no, que se aproximan preocupados por mí preguntando si me encuentro bien o necesito alguna cosa. Mario también:

—¿Te duele? —dice tocándome la mejilla donde Nacho me ha golpeado con ganas.

—Me ha dado una buena hostia —respondo notando dolor cuando me pasa los dedos cerca del pómulo—. ¿Tú estás bien?

—Sí —contesta—. Más o menos…

—Y yo preocupada porque no sabía qué hacer para que esta despedida fuera diferente —suelto intentando bromear.

—¿De verdad quieres que sea una despedida, Violeta?

—Mario… Yo lo que querría es continuar en el punto en el que estábamos tú y yo antes de aquel día de mierda en el que todo cambió.

Mario se queda parado mirándome sin saber qué decir. Así que se lo pongo fácil.

—¿Tú puedes salir conmigo?

Es incapaz de seguir aguantándome la mirada y baja la cabeza.

No hace falta que me diga que no.

Le doy un beso en la mejilla y empiezo a alejarme cuando dentro del instituto suena el aviso de que están a punto de reanudarse las clases. No puedo evitar girarme para verlo una última vez mientras entra en el edificio.

31

Violeta:
Todo ha ido perfecto. Me alegro de haber hecho la charla. Los compañeros le han pedido perdón a Mario, y a mí que vuelva al instituto. Les he dicho que no puedo, pero quedaremos fuera de clase. Ha sido bonito. Me siento genial. ☺ Ya puedes trabajar y dejar de mirar el móvil todo el rato. 😜 Estoy esperando el tren. Te quiero. 😘

Informo a mamá con un whatsapp porque en un mensaje escrito no se me quebrará la voz, ni me pondré a llorar por las cosas que han pasado y no explico, ni se verá a la legua, que ese «Me siento genial» es mentira, como seguro me pasaría si la llamara desde esta estación que cada día, al ir y al volver de Mataró, me martiriza al recordar que fue aquí donde Mario y yo nos besamos por primera vez.

¡Hoy todavía más!

Porque de pie en el andén, exactamente en el mismo lugar donde me respondió con ese beso a la pregunta de si yo le gustaba, no puedo evitar llorar disimuladamente al recordar que hoy Mario ha sido incapaz de responder de la misma manera cuando le he preguntado si podía salir conmigo y volver a mirarme con los mismos ojos que lo hacía aquel día al desenganchar nuestros labios.

Va, Violeta, ¡olvídalo!

Con esa idea irrealizable en la mente, me acomodo en el banco en el que espero la llegada del tren, cierro los ojos y desearía poder dormirme para escapar, ni que fuera por unos minutos, de todo lo vivido. Por desgracia, el ¡PLING! de WhatsApp en el bolsillo de mis pantalones se empeña en que siga en la realidad.

Seguro que es mamá respondiendo al mío.

Únicamente por eso, porque estoy convencida de que es mamá y no quiero pasar de ella con lo que sufre por mí, hago el esfuerzo de mirar qué me dice. Sin embargo, no es mamá.

M4RT4 te ha añadido al grupo
"Nosotros no somos Nacho"

Ese aviso del grupo de WhatsApp que acaba de crear Marta es lo que leo cuando miro la pantalla. Abro la aplicación y compruebo que toda la clase está en el grupo que, rápidamente, empieza a llenarse de mensajes de apoyo, de ánimo y también de rechazo al reciente incidente con Nacho en la puerta del instituto. Leo los diferentes whatts para animarme y me dispongo a darles las gracias. Sin embargo, cuando apenas he tecleado un par de palabras, un mensaje de otro chat detiene mis dedos.

Es Mario. Diciéndome lo que sabe que deseo escuchar:

Mario:
Sí, puedo, Violeta.

Ojalá pudiera creérmelo.

Violeta:
Mario, por favor, no me digas lo que quiero oír si no es verdad.

Mario:
¡Sí, puedo!

Violeta:
Hace diez minutos has sido incapaz de decirme lo mismo a la cara cuando te lo he preguntado.

—Por eso estoy aquí, para decírtelo a la cara —oigo un susurro a mi espalda.

¡¿Mario?! ¡No puede ser!

—¿Qué haces aquí? ¿No tenías clase? —pregunto después de volverme y encontrarme a Mario mirándome con su sonrisa perfecta de niño bueno.

—He sido un imbécil.

—No has sido un…

—He sido un imbécil —afirma tajante sin dejar que yo pueda negarlo—. Y si te pierdo seguiré siendo un imbécil. Porque desde el primer día me siento genial a tu lado. Estas semanas sin vernos te he echado mucho de menos —confiesa clavándome la mirada en los ojos—. Violeta, a mí también me gustaría continuar desde el punto en el que lo dejamos.

—Te gustaría… Pero ¿puedes? —pregunto sin dejarme llevar por la ilusión que me provoca escuchar estas palabras.

—Sí. Creo que sí. Puedo intentarlo.

Eso no es suficiente.

—Yo no quiero que lo intentes como si tuvieras que hacer un esfuerzo para aceptar algo que no te gusta. No me sirve un «eres rarita, pero lo intento». Seamos claros, Mario: ¿tú quieres una novia con polla? —pregunto directa, verbalizando el problema de la manera en que creo que más puede asustarlo porque, si tiene que dar marcha atrás, quiero que sea ahora.

—Te quiero a ti, Violeta —responde antes de silenciar cualquier posible réplica que pueda darle con un beso en los labios.

Qué gran respuesta. ☺

Con los ojos cerrados, sintiendo sus labios contra los míos, tengo la sensación de haber regresado al instante donde todo era perfecto.

—Tienes tantas cosas buenas, Violeta —escucho que me dice sin apenas desenganchar nuestras bocas—, que sería una idiotez dejarlas escapar por un problema que desaparecerá cuando te operes.

¿Cómo dices?

Esa última frase me devuelve a la realidad y no puedo evitar separarme de él mirándolo desconcertada.

—Porque tú cuando puedas te operarás para ser una chica, ¿no?

—¡Ya soy una chica! —aclaro indignada, deseando que hubiera dejado de hablar en el «Te quiero a ti, Violeta».

—Sí, sí, claro que eres una chica. Ya me entiendes lo que quiero decir.

—¿Una chica de verdad? —pregunto sin necesidad de respuesta porque sé que eso es lo que quiere decir.

—Yo no he dicho eso, Violeta. No necesitas operarte para ser una chica de verdad, pero... —Mario se calla unos segundos, supongo que sopesando si debe preguntar lo que acaba pronunciando porque le quema en la boca—: Tú te operarás, ¿verdad?

Sí.

Mario necesita escuchar esta respuesta. Mirándolo sé que, de lo contrario, a pesar de que no dudo de la sinceridad de todo lo que me ha dicho, no podrá estar conmigo. Quizá lo intentará sobrellevar un tiempo. Tal vez no salga corriendo de inmediato, pero lo acabará haciendo. Porque, aunque se esfuerce en lo contrario, Mario no me quiere a mí, sino a la chica que veía en mí antes de enterarse de que era trans.

No me quiere como soy.

No vale la pena.

—Mario... —Tomo aire, y sobre todo me armo de valor, antes de continuar—: No sé qué haré más adelante. Si me operaré o no. Solo sé que soy una chica y no quiero estar con alguien que necesita que me opere para verme como tal.

Mario intenta decir algo, pero le interrumpo antes de que pueda decir ni una palabra para negarlo:

—No vernos más es lo mejor para los dos. Ojalá no fuera así, Mario, pero es la manera de evitar hacernos mucho más daño —afirmo reteniendo las lágrimas mientras se anuncia el tren a Mataró provocando el movimiento de los pasajeros que se apresuran a colocarse para ser los primeros en subir cuando entre en la estación y abra las puertas.

—Violeta..., ¿no me dejas ni intentarlo? —me pregunta cuando me levanto del banco para subir yo también.

—No tiene sentido intentar algo que no va a funcionar, Mario.

Se hace un breve silencio que me parece eterno.

—Es curioso. Al final nos habremos dado el primer beso y el último en el mismo andén —dice resignado al ver el tren que ya se vislumbra en el túnel.

—Lo siento —digo cuando el primer vagón entra en la estación.

Y le doy un beso en la mejilla para despedirme.

Para siempre. Ahora sí.

—Adiós, Violeta.

—Adiós, Mario —digo antes de subir al tren.

32

—Es imbécil.

—No lo es, Andy —respondo jodida, a punto de volver a romper a llorar.

¡No! ¡Otra vez no, Violeta!

—Claro que es un imbécil —insiste Andrés mientras me abraza para que me desahogue en su hombro.

Intento liberarme haciéndome la fuerte —*¡Como si no necesitara ese abrazo más que nada!*—, pero Andy me sujeta con firmeza.

—No pasa nada por llorar —escucho que me susurra a la oreja.

—No quiero llorar más —balbuceo mientras las lágrimas pasan de mí y se deslizan desde mis ojos a su sudadera.

De hecho, ni siquiera quería explicar nada de lo sucedido a nadie. Por eso, cuando he bajado del tren, he permanecido sentada en la estación, releyendo ese chat lleno de mensajes de ánimo y de apoyo y terminando esa respuesta que había dejado a medio escribir, hasta estar convencida de que podría hacer como que todo iba genial ante mis amigos. Pero el capullo de Andrés me conoce demasiado. Nada más encontrármelo en la calle camino del *hip-hop* y decirle hola, ha notado que no era así.

—Él se lo pierde —me dice acariciándome el cogote mientras sigo empapándole la sudadera—. Y tú tranquila, Violeta. Porque encontrarás mil chicos mejores que querrán salir contigo tal como eres.

—No es verdad. Los chicos quieren una chica normal —respondo entre sollozos.

—Joder, Violeta. No tienes ni idea de tíos —suelta separándome de él para mirarme a la cara que yo trato de esconder para que no me vea llorando—. Mírame un momento —me pide con dulzura—. Por favor, mírame, Violeta.

Lo hago.

Como ahora me haga una broma o algún comentario de los suyos, lo mato.

—Los chicos no queremos una chica «normal» —me dice pronunciando ese «normal» de forma despectiva—. Los chicos queremos una chica perfecta y maravillosa. Y tú… —Andy se asegura de que le miro a la cara—. Eres perfecta y maravillosa tal como eres, Violeta.

¡Guau! ☺

—A veces no entiendo cómo no me he enamorado de ti —suelto sonriendo.

—Eso no lo entiende ni Dios —deja escapar Andy con su sonrisa chuleta mientras me seca las lágrimas pasándome el dedo pulgar con delicadeza por una de mis mejillas—. Aunque, según tú, es porque soy como tu hermano —añade haciéndose el indignado.

—Es verdad.

—Pero te recuerdo que existe el incesto, eh —suelta guiñándome el ojo, seductor.

De repente, arranco a reír. No sé cómo lo consigue, pero siempre, aunque esté hecha polvo, consigue hacerme reír.

En serio, ¿por qué no me he enamorado de ti?

—Gracias —le digo—. Tengo mucha suerte de tenerte.

Andy me sonríe sin decir nada.

—¿Qué pasa? ¿No vas a decir «Lo sé» como siempre? —pregunto sorprendida de su silencio.

—Esperaba la música.

—¿Qué música? —digo sin entender nada.

—En las películas, en estos momentos, siempre suena una música para dar intensidad a la escena —responde agarrándome de la cintura y, acercándome un poquito más a él, hace que giremos sobre nosotros mismos como si estuviéramos bailando.

—¿Y esto? —pregunto curiosa.

—Un trávelin circular —responde.

Será friki.

—Pasa siempre en el cine. Cuando la chica protagonista se da cuenta de que el amigo fiel que siempre está ahí para apoyarla es el hombre de su vida, siempre hay un trávelin circular en el momento del beso.

—¿El beso?

—El beso. Ella siempre le da un beso.

Y se lo doy. Un beso cariñoso en la mejilla.

—En las películas es un beso pasional en la boca —me susurra al oído como si estuviera chivándome la respuesta de un examen.

Entonces vuelve a colocarse en posición, a un palmo de mi boca, cierra los ojos y pone morritos.

¡Capullo! 😄

—¿Tienes problemas de puntería? —pregunta abriendo los ojos cuando nota que esta vez el beso se lo doy en la otra mejilla.

—Va, déjate de tonterías, que llegaremos tarde a *hip-hop* —respondo soltándome de su abrazo con delicadeza.

—Entonces ¿nunca vamos a darnos un beso de película tú y yo?

—Nunca digas nunca —suelto sacándole la lengua—. Ya veremos. Cúrratelo.

—¡¿Más?! Llevo currándomelo años.

—Pues sigue haciéndolo.

—Lo haré.

—Lo sé —digo cogiendo prestada su respuesta, con la misma chulería con la que la utiliza él—. Porque estás loco por mí —añado.

—Chula —suelta sin negarlo.

—Realista.

Y le doy ese beso, el beso de película que Andy quería. Y desde el momento en que se han juntado nuestros labios me he dado cuenta de que…

Yo también quería.

Mis padres siempre se han empeñado en que aprendiera que si alguien no me quiere tal como soy, sin necesitar cambiar nada, no vale la pena que forme parte de mi vida.

Andy vale muchísimo la pena. ☺